孕まされて捨てられた悪役令嬢ですが、ヤンデレ王子様に溺愛されてます!?

◆プロローグ

「ティーリア、俺の言いつけを守らないで、どうしてこんなドレスを着ているのかな？」

「だって……これが流行だからって、聞いて」

アーヴィンは胸の谷間がちょっとだけ見える、普段より扇情的なドレスの胸元に人差し指を入れると、ぐいっと下ろす。

「ひっ」

豊満な胸がふるりと揺れる。あと少しで先端が見えるところで指を止めると、彼は切れ長の目を細めてティーリアを見下ろした。

「ほら。ちょっと触っただけで、赤い先端が零《こぼ》れてしまうよ。まさか、俺以外の男に見せたなんてこと……」

「あっ、ありませんっ！」

ティーリアは顔をひきつらせながら否定する。両腕を持ち上げられ、高い位置で魔法金属《ミスリル》の輪を使って縛られた。壁を背にして立ったまま逃げられなくなり、背中には嫌な汗が流れてくる。

——どっ、どうしてこうなってるの？

いつも鷹揚《おうよう》で朗《ほが》らかで明るくて『爽やか王子』と言われている彼は、ティーリアの前でだけ豹変する。

——おかしい。

「アッ、アーヴィン様っ。なんで腕……」

「解いたら、俺から逃げる気満々だよね」

「ち、ちがっ」

——違わないけど！

反論する前に、いきなり柔らかい唇で口づけられる。「悪い子の口は、塞いでしまおうね」と言い、本当に塞がれて息もできない。

「んん——っ！　んっ、んんっ！」

頬を骨ばった手で挟まれ、顔を動かせない。唇の裏側の柔らかい部分を重ね、熱い舌先が歯列を舐める。

息をしようと口を開けた途端、彼の舌が入り込んできた。

ねっとりと嬲《なぶ》るような口づけが続き、苦しさで目をぎゅっと閉じる。彼を叩きたくても、腕を縛られているから動かせない。

——くっ、苦しいっ！

眦《まなじり》にうっすらと涙がたまったところで、アーヴィンはようやく顔を離した。すぐ傍にある彼の艶《つや》やかな碧《あお》い瞳に、ティーリアの潤んだ漆黒《しっこく》の瞳が映っている。ふわりとカールした鮮やかな紅赤色の髪が、自分の頬にかかった。

「はっ、はぁっ、ぁっ……」

やっと息を吸えるようになり呼吸を整えていると、彼は形の良い口の端をくっと上げた。そしてティーリアの顔にはりつく髪を取り、そっと耳にかける。

「口づける時は鼻で息をするようにって、言ったよね」

「っ、でもっ」

――慣れないんだから、しかたないじゃない……！

訴えるように見上げた先には、整った顔をした彼が爽やかに微笑んでいる。普段と変わらない笑顔に、やっぱりこんなのは冗談よね、と言おうとしたけれど――

「じゃ、下のお口も栓をしておこうか」

「えっ」

聞き終わらないうちに、彼は手を伸ばしスカートをまくり上げた。そしてドロワーズのクロッチ部分に触れたかと思うと、いつの間にかトラウザーズをくつろげた彼が腰を押しつける。

「ああっ、やっ！」

どちゅん、と音がしそうな勢いで太い雄杭が体の中に入り込んできた。まだ男のソレに慣れていない媚肉をかき分けるように、彼は遠慮なく突き上げる。

でも、痛みはない。むしろ濡れている。キスだけで大洪水になっていた。

初めての時も大した痛みがなかったのは、この世界でティーリアが果たす役割のためなのか。

そう、ティーリアは転生する前の人生で夢中になっていた乙女ゲーム『あなたの愛淫に囚われて』の中で、身体を使って次々に攻略対象を誘惑するタイプの――悪役令嬢だ。

そして今、攻略対象の中でも熱狂的な人気を誇っていた彼――アーヴィン・ケインズワース第二王子に襲われている。

「はぁっ……あっ……んっ」

最初から遠慮のなかったアーヴィンは、次第に腰遣いを激しくする。

くちゅ、くちゅっとはしたない水音が響き、ティーリアは官能を拾いやすい身体を恨みながらも、声を上げそうになる。でも、口を手で覆うことができない。

人通りが少ないとはいえ、ここは王宮にある庭園に面した廊下だ。まだ日も高く、大きな円柱から影が伸びている。

誰かが近くを通ったら二人が何をしているのか、一目瞭然《いちもくりょうぜん》だろう。いくら彼がティーリアの婚約者でも、できる限り秘密にしておきたい。――なのに。

「静かにしないと、ダメだよ？」

彼はスカートの裾を持ち上げると、ティーリアの口元に持ってきて咥えさせた。

息苦しさと下半身に感じる圧に、顔が赤くなる。背中は壁に押し当てられ、振動の度《たび》にぐっぐっと持ち上がった。

「ふっ、ふ――っ、ふ――っ！」

「なんだ、もうイきたくなったのか？」

布を食《は》んだままコクンと頷いた途端、彼は意地悪にも全ての動きを止めた。余裕のある顔をして、手で頬を撫でる。

——もうっ、意地悪っ！

涙ぐんで羞恥《しゅうち》に耐えながら見上げると、彼はくつくつと笑いつつ額に羽のように軽く口づけた。

「もう、俺以外の男に笑いかけないこと」

輝く金色の髪に映える紺碧《こんぺき》の瞳を見つめてコクンと頷く。

「俺以外の男に……話しかけないこと」

さすがにそれは難しい。眉根を寄せると、彼はフッと笑った。

「ふーん、できないんだ」

するりと伸びた手が濡れた花芽を弾く。するとピリッとした痛みに似た快感が身体の中を走っていった。

「ふっ、ううっ」

背筋をピンと伸ばして快楽を逃すように上を向く。この身体はアーヴィンに触れられることに、とても弱い。弱くなってしまった。

——もう、お願いだから、奥でイかせてほしい……

挿入されたままの肉塊を絞るようにキュッと膣壁《ちつへき》に力を込める。するとアーヴィンは「へぇ」と片方の眉を上げた。

「そんなことして、俺を締めつけるんだ」

ぐちゅぐちゅに濡れた陰茎を引いた彼は、エラの張った先端が抜けきる寸前で止め、そしてすぐに突き上げる。

薄く笑ってティーリアの口からスカートの裾を取ると、自身の唇で代わりに塞ぐ。

それからティーリアの片足を持ち上げ、挿入の角度を変えた。

「んっ、んんっ！」

湿った唇を生温かい唇で塞がれ、舌を差し入れられる。

同時にくちゅ、くちゅっと水音を立てながら雄杭が膣壁《ちつへき》を擦るように激しく出入りした。

――あぁ、もうっ、イっちゃうっ……

上も下も蹂躙《じゅうりん》するように攻められているのに、刺激は全て快感となってティーリアを襲う。

アーヴィンはとろんとした目のティーリアを見ると満足そうに微笑み、己の欲望を果たそうと動きをまた変えた。

激しくなるキスに応えながら、ティーリアは蜜洞をぐっしょりと濡らして雄を受け止める。

小刻みな振動が、ティーリアの快感を高めていった。時折中を捏《こ》ねるように腰を回されると、裏筋に当たり膣《ちつ》がキュッと縮んで男根を絞り上げる。

「っ、くっ……ティーリア……君がそのつもりなら、出すよ」

「なっ……中は、ダメッ……！」

低い唸《うな》り声と共に抽送の速度を上げ、アーヴィンはティーリアの陰核を指で押し捏《こ》ねる。

すると一気に快感が背筋を駆け上り、絶頂の高みに登らされて目の前が白くなっていく。

同時に彼も「うっ」と唸《うな》り睾丸《こうがん》を震わせた。びゅく、びゅくと濁《にご》った彼の欲望がティーリアの体内で吐き出される。

――あ、熱い……どうしよう、出てる……

大量に吐精しているのか、先端が震えている。二度、三度と腰を押しつけながら、アーヴィンは浅く息を吐いた。

また中に出されてしまった。婚約中とはいえ結婚前に妊娠すると、立場がなくなるのはティーリアの方だ。

でも――もう、何も考えられない。

ゲームは既に始まっている。

この行為の果てが滅亡だとしても、今この時が愛しかった。何者にも代えられないほどに恋しいアーヴィンからは、逃れられない。

ティーリアの身体の力が抜け、くったりとしてその場に倒れ込む。アーヴィンの力強い腕が、彼女の全てを支えていた。

◆第一章

アーヴィンがティーリアと出会ったのは、まだ五歳になって間もない頃だった。

王宮の一画に連れてこられた三歳の幼女は、白いドレスを着て子守りの侍女に手を引かれながら、周囲をおどおどと見回していた。

炎のように輝く鮮やかな紅赤色の髪に漆黒《しっこく》の瞳。ぱっちりとした二重の女の子は、将来は美人になるに違いない。アーヴィンは目を見開いて彼女を見つめた。

「この子が兄上の婚約者になるの？」

「そうね、ジュストーが大きくなって、この娘と結婚したいと思ったらね」

王妃である母は、長兄であるジュストーを呼び寄せるが、彼は仕方がないとばかりに不機嫌な表情をしている。

「ジュストー、あなたの婚約者候補なのよ、挨拶しなさい」

「まだ子どもなのに、挨拶が必要なのか？」

「まぁっ！　そんなこと言って。ティーリア嬢は由緒《ゆいしょ》あるエヴァンス公爵家の令嬢なのよ」

ぶすっとした顔のジュストーを王妃は窘《たしな》めながら、どうにかして二人の仲を取り持とうとする。

だが、腕を組んだままジュストーは動かない。

それをすぐ近くで見ていたアーヴィンは、兄の前を横切りティーリアに近寄り、握手をしようと手を差し伸べる。

するとティーリアはぐずついて涙目になった。

「……！」

アーヴィンは息を呑んだ。

彼女の泣きそうな顔から目が離せなくなる。それでも泣いてはいけないと言われていたのか、ティーリアはぐっと堪《こら》えていた。その表情がアーヴィンを惹きつける。

「母上」

「どうしたの？　そんな怖い顔をしていたらティーリア嬢が泣いちゃうわよ」

「……この娘《こ》がいいです」

「え？　アーヴィン？」

「兄上じゃなくて、僕がこの娘《こ》と結婚する」

アーヴィンはしゃがみ込んでティーリアに顔を近づけた。

見知らぬ男の子に急に近寄られ、ティーリアは今度こそ泣き出してしまう。侍女が慌てた様子で彼女を抱き寄せた。

「僕が怖いの？」

問いかけると、ティーリアは侍女のドレスを両手で必死に掴みながら首をふるふると横に振った。

「だったら、もっと顔を見せて。一緒に遊ぼう」

微笑みつつ優しい声を出すと、ティーリアは目をぱちぱちと瞬《また》かせた。

さっきまで泣いていたのに、遊ぼうと声をかけた途端泣き止んでしまう。

「僕はアーヴィン・ケインズワースです」

キラキラと輝く笑顔を見せた彼に、ティーリアの視線はくぎづけになる。

面会が終わると、アーヴィンは上機嫌になり「今すぐ婚約する」と言い始めた。兄であるジュストーに向かって、「ねぇ、いいでしょ?」と問いかける。

「ふんっ、あんな赤毛がいいだなんて、お前も趣味が悪いな」

「……兄さんがいらないないなら、僕がもらう」

「勝手にしろ」

さすがに王妃が止めようとするが、アーヴィンは頑《かたく》なに意見を変えない。王族であればどちらの王子でも構わない、と親王派のエヴァンス公爵家の後押しもあり婚約はすぐに調《ととの》った。

それ以来ティーリアの婚約者として、アーヴィンは親しく彼女の相手をする。

彼女をまるで宝石のごとく大切にしたかと思うと、時折意地悪になって涙目にさせた。

それでも、一緒にいる時は彼女の拙《つたな》いおしゃべりにも、人形遊びにも付き合う。

ティーリアも、王宮に行く度《たび》に嬉しそうな笑顔を見せてくれる王子様に心を開くのはすぐだった。

王宮では時折、高位貴族の子ども達を集めて遊ばせる機会が設《もう》けられていた。主に王太子の側近候補や、婚約者候補の令嬢が揃う。

六歳になったばかりのティーリアも、公爵令嬢として当然のごとく参加していた。

けれど自分より年上の子ども達が多く、人見知りがちな彼女は、アーヴィンがいない時はポツンと一人でいることが多い。

貴族といえども、まだ子どもであることに変わりはない。中にはティーリアをからかう男の子達がいた。

「おーい、この箱を開けてみろよ」

「箱？」

手渡された小さな箱は、キラキラと光る石がついていて可愛らしい。なんだろう、と開けてみると中には緑色をした蝶の幼虫が入っていた。

「きゃああっ」

驚いた拍子に箱を落として、幼虫がスカートの裾にくっついてしまう。

「ああっ……と、とれないっ」

いくらはたいても芋虫は離れない。悲しくなったティーリアは涙目になって鼻を啜《すす》り上げた。

「どうした？　ティーリア」

離れた場所にいたアーヴィンが近寄り、状況をすぐに把握する。悪戯《いたずら》が上手くいったと、男の子達は笑って彼女を見ていた。

「あっ、アーヴィン様。見てください！　ティーリアが……」

「お前達、何をしたのかわかっているのか」

朗《ほが》らかな顔をしていたアーヴィンは、急に怒りを露《あら》わにした。

泣いているティーリアを背に庇い、手のひらに炎をボッと出現させる。

「ひぃっ」

いきなり態度が急変したアーヴィンに恐れ、男の子達が固まった。

その中の一人が、「ア、アーヴィン様がいつも泣かせているから……僕達も、泣かせてみようって……」と口にする。

「お前達……いいか、ティーリアを泣かせてもいいのは、俺だけだ」

「はっ、はいっ」

「わかったら、彼女に近寄るんじゃない」

「はいぃっ！」

腕を組み、上から睨みつけ怒りをまとったアーヴィンに、誰も逆らうことはできなかった。

「殿下……」

ぐすっと鼻を啜《すす》りながらティーリアがアーヴィンを見つめると、彼は眉根を寄せてしゃがみ込んだ。

「こいつか」

アーヴィンはスカートについた芋虫を取り、近くに咲いている植木の葉の上に置いた。

「ありがとう、ございます」

しゃくり上げつつ見上げると、彼は憮然《ぶぜん》とした顔をしてティーリアの傍に立っている。

「これからは、何かあったらすぐに俺を呼ぶんだ」

「うん」

「いいか、ティーリアは俺のなんだから、傍を離れるな」

「うん」

アーヴィンを見ていると、安心して温かい気持ちに包まれる。

ティーリアは涙を拭い、えへへ、と顔をくしゃりとさせて笑った。

「私は、アーヴィン殿下のものですね」

「……そうだ」

彼は耳元を真っ赤にして照れた顔をしながらも、ティーリアの手を握って離さない。

その後、子ども達の集まりにティーリアが呼ばれることはなくなり、王宮に行けばアーヴィンと二人で遊ぶようになる。

時折、ひどく意地悪をされて泣いてしまうけれど、その後のアーヴィンは甘く声をかけ、とびっきり優しくしてくれる。

ティーリアにとって、彼の存在は失くすことのできない、自分の一部のように感じられた。


――それから四年。

気持ちの良い風が吹き抜けていく。薔薇《ばら》の花が咲き乱れ、生垣が丁寧に切り揃えられた王宮の庭園で、ティーリアはアーヴィンを探していた。

まだ十歳になったばかりの彼女は、鮮やかな紅赤色に輝く豊かな髪をハーフアップに結い、さくらんぼのように色づいた唇を持つ美少女だ。

けれど今は、しっかりとセットした髪を振り乱して走っている。

――もうっ、アーヴィン様はどこ？

今日は二人でお茶会の途中、「追いかけっこをしよう」と言われて庭園に来た。

年上でしかも魔術に秀《ひい》でた彼に追いつけるはずもないが、王子様の誘いとあれば断れない。

必死になって広大な庭園を走り、目の前にちらちらと映る彼の残像を追いかけていたティーリアは、とうとう息を切らして足を止めた。

「はぁっ、はぁっ……もう、走れない」

「なんだ、つまらんな」

音も立てず目の前に姿を現したアーヴィンを見て、ティーリアは俯いて「ごめんなさい」と呟く。

「こんなことでは、俺の妃になんてなれないぞ」

「そんなっ……！」

どうしよう、彼の機嫌を損ねてしまった。果たして王子妃にこんな広大な庭園を走る体力が必要なのかわからないけれど。

疑問は残るものの、アーヴィンに将来を否定されると悲しくてたまらない。

ティーリアは幼いながらも、溌剌《はつらつ》としたアーヴィンのことが大好きだった。金髪の王子様は、口が悪くても意地悪でも顔がいい。

そして自分といる時だけ、満足そうに笑ってくれる。

ティーリアにとって片時も離れたくないほど、大切な人になっていた。

「アーヴィン様、ティーリアのこと、嫌いにならないで」

涙目になって訴えると、アーヴィンはため息をついて呆れた顔をした。――その瞬間。

「ああっ！」

いきなり激しい頭痛に襲われ、ティーリアは膝を折って倒れてしまう。

「ティーリア？　ティーリアッ！」

慌てふためくアーヴィンの声が聞こえ、頬に当たる芝生の青臭さが鼻につく。

ティーリアはそのまま意識を失って、しばらくの間目を覚まさなかった。


——ここ、どこだろう……

ティーリアが瞼を開くと、見慣れない天井が見える。四柱のある寝台に柔らかい光を灯す燭台《しょくだい》、窓には重厚なカーテンがかかり、タッセルの飾りが揺れている。

木目の美しい床に艶《つや》やかな色をしたチェスト、そしてネコ足のスツール。どう考えても狭くて小さなアパートの部屋ではない。

まるでヨーロッパの王侯貴族が住む屋敷の部屋のようだ。

起き上がろうとしたところで、ティーリアは自分の中にもう一つの人生——それも違う世界で暮らした記憶があることに気がついた。

——え、私……今、『ティーリア・エヴァンス』になっているの？

目の前にある小さな手に小さな身体。社畜のように働いていたある日、確か会社の階段を急いで降りた時に足が滑って……！

頭を打ちつけたところで、目が覚めるとティーリアになっていた。

――ちょっと待って。これってもしかすると『異世界転生』？

前世……と言っていいのだろうか。流行《はや》りのアニメや漫画に描かれていたことが、まさか自分にも起こるなんて。

混乱する頭の中で、前世に残してきた預金残高を思い出す。あんなに懸命に働いたのに、最後の給料をもらっていない。

――私の貯金！　どうなるの？　孤児だったから、いなくなっても悲しむ親はいないけれど……あのお金、どうなるんだろう。

つい斜め上のことを考えるけど、今はそんなことを言っている場合ではない。

なぜならティーリア・エヴァンス公爵令嬢にアーヴィン・ケインズワース第二王子。

この名前が登場するということは、ここは前世で夢中になっていた乙女ゲーム、それも十八禁の『あなたの愛淫に囚われて』の世界に違いない。

中世ヨーロッパのように王侯貴族がいて、身分制度があるダフィーナ国が舞台のゲームだ。

前世と違い、魔法を扱う人も存在する。生活様式は古めかしいけれど、魔道具もあるから困ることはない。

それよりも問題は乙女ゲームのシナリオだ。

ヒロインである元庶民の男爵令嬢『シャナティ・メティルバ』はとにかくモテる。騎士や王弟、宰相補佐に王子に暗殺者……様々なタイプの超絶麗《うるわ》しい男性陣に出会い、どんどんと関係を持っていくぬるゲーだ。

そのぬるさが面白くて、夢中になって遊んだけれど……

――なんでヒロインじゃなくて、悪役令嬢の方なのかな！

ヒロインのシャナティはまず初めに、攻略対象の一人であるアーヴィン・ケインズワース第二王子と仲良くなる。

その彼の婚約者であるティーリアは、シャナティが気に入らなくて虐《いじ》め、悉《ことごと》く彼女の邪魔をする。

それも身体を使って、ヒロインを陥《おとしい》れるために攻略対象を誘惑するタイプの悪役令嬢だ。

ゲームでは意地悪なティーリアがいかに落ちぶれていくかを見るのも、楽しみの一つだった。

だからあのゲームでは、ヒロインがどのルートを選んだとしても、悪役令嬢のティーリアは悲惨な結末を迎えていた。

ヒロインの選ばなかった攻略対象達が次々と彼女を凌辱《りょうじょく》し、娼館に売られるのはまだいい方で、監禁、果ては監獄で処刑されるのが殆《ほとん》どだった。

――そんなの耐えられないっ！

前世に残した預貯金が気になるけれど、こんな小さな身体では元の世界に戻る方法など考えられない。

それよりは現世の令嬢としての立場を利用して、なんとか破滅を回避する道を進まないと……

――って言っても、私もう、アーヴィン様の婚約者なのよね？

攻略対象の中でも絶大な人気のあったキャラだけれど……彼はかなり病んでいた。王子なのに、性格はもの凄く歪《ゆが》んでいた。

それに彼は魔術――特に攻撃魔法の才能に溢れていた。この世界で魔術を扱える者は少ない上に、使いすぎると魔毒に侵されてしまう。そのため素地があっても魔術の訓練ができない者は、なるべく使わないようにしている。

魔毒を消すには、高価な浄化アイテムを使うか、神殿で祈ってもらうしかない。

下手をすると精神を壊すか、最悪の場合は死に至ることもある。魔術師になることは、魔毒との闘いを意味していた。

けれど彼は魔術の扱いが上手いだけでなく、騎士としても優秀だった。

ゲームの中のアーヴィンは魔道騎士として名を馳せ、圧倒的な強さで敵をなぎ倒す。その冷酷かつ残虐な姿は敵から魔王と呼ばれ恐れられていた。

容赦なく敵をせん滅する姿を見て、仲間であるはずの騎士達も震え上がるほどの存在だ。

男らしく整った顔立ちにぴっちりと筋肉のついた身体。誰もが認める美しさに加え、第二王子という自由でありながらも権力のある地位。

その一方で、これと決めた女性は性技の限りを尽くして可愛がる。

ただその可愛がり方がちょっと……いや、かなり倒錯的だった。

ゲームとしては面白かったけれど、現実となると恐ろしい。

ヒロインがアーヴィンルートを選択してもしなくても、ティーリアは婚約者の彼にまず凌辱《りょうじょく》される。

そして官能の虜《とりこ》になったティーリアは娼婦のように次々と相手を変えてヒロインの邪魔をする。

——そんなの、絶対に嫌っ！

自分がビッチになるのも怖いけれど、何よりそのきっかけとなるアーヴィンから犯されることが恐ろしい。

できれば婚約を解消したいが、彼との婚姻は政略的なものに他ならない。一旦取り決められた婚約を覆《くつがえ》すことは、王族からでなければ難しい。

——もしかしてもしかすると、私、かなり詰んでいるかも？

と思うけれどティーリアはまだ十歳でしかない。意地悪なアーヴィンはヤンデレの片鱗《へんりん》を見せているけれど、彼だって十二歳の少年だ。

今から矯正《きょうせい》すれば、病み具合も変わるかもしれない。

「うん……そうよ、きっとまだ間に合うはず」

前世でも、困難なことがあっても乗り越えてきた。まだゲームのシナリオ通りに進むとは限らない……と思いたい。

子どもの手を伸ばして開く。可愛らしくて、小さな指をしている。これまではただのか弱い公爵令嬢だったけれど、前世の知識があればきっと変えられる。

ティーリアは決意も新たにぐっと手を握りしめた。

以前のティーリアは俯きがちで弱気な少女だった。それがどうして淫乱な悪役令嬢になるのか不思議だけれど、きっと魅惑的な身体つきが災いしたのだろう。

将来の破滅回避を目的として、まずは——体力をつけよう。

なぜならアーヴィンは、ティーリアが涙目になって許しを請う姿を楽しんでいた。きっとそこから性癖が開花してヤンデレになるに違いない。

——でも体力があれば、弱った姿を見せることもないわ！

ティーリアは朝起きると共にストレッチをして、走り込みを始めた。

これまで碌《ろく》な運動をしていなかった身体は、すぐに音《ね》を上げるけれど、社畜だった記憶と根性がそれを凌駕《りょうが》する。

「ティーリア……あなた、そんなに身体を動かすことが好きだったの？」

「ええ、お母様！　お母様も一緒に走りましょう！　もっと太陽を浴びる方が気持ちいいですよ」

淑女の鑑《かがみ》のような母は呆れた顔をして嘆息する。

娘の変化が信じられない様子だったけれど、アーヴィンと追いかけっこをするためだと言われると納得していた。

ティーリアが破滅すると共に、エヴァンス公爵一家も没落するに違いない。

その辺りは詳しく描かれてなかったけれど、令嬢が捕まって実家がお咎めなしとは思えない。

優しい母も、厳しいけれど愛情深い父も、まだ生まれたばかりの小さな弟も守りたい。ティーリアは公爵令嬢としての嗜《たしな》みを身に着けながらも、運動を怠《おこた》らなかった。

——健康な生活は、丈夫な身体から！

明るくなったティーリアは、周囲を知らず知らずのうちに巻き込んでいた。

「……ティーリア、大丈夫か？」

「はいっ、もうすっかり元気になりました！」

「でも、この前倒れたばかりだよね」

「大丈夫です！」

ぱぁっと花が咲いたように笑顔を返すティーリアを見て、アーヴィンは一瞬うっと唸《うな》ると目を逸らした。

前回のお茶会の時に倒れたティーリアの見舞いに来た彼は、公爵家の応接室に座る彼女を見てボソッと呟く。

「可愛いな……」

「どうしましたか？」

「ううん、なんでもない」

照れたように頭をかいたアーヴィンは、持ってきた薔薇《ばら》の花束をティーリアに差し出した。

「これ、ただの花だけど……受け取ってほしい」

「わぁ、嬉しいです！　早速私の部屋に飾っておきますね」

「……本当に、ティーリアなのか？」

「はい？」

努めて明るく振る舞う彼女を見て、アーヴィンは首を傾げた。

確かに以前のティーリアは、はにかんだ笑顔しかしなかったから、別人のように見えるのだろう。

「どこか、頭を打っておかしくなったとか」

まさか、前世を思い出したからこうなっています、なんて言えない。

言ったらそれこそ、頭を打っておかしくなった令嬢と見なされるだろう。それはそれで悲しい。

「違います」

はっきりと否定すると、アーヴィンはさらに眉をひそめた。

これまでのティーリアは、アーヴィンが何を言っても「はい」としか答えないお人形のような――貞淑な少女だった。

今までとは違うティーリアの態度に、アーヴィンは戸惑っている。

「倒れてわかったんです。もっと身体を丈夫にしないといけないなって。アーヴィン様も言ってたではないですか。そんなことでは王子妃なんて務まらないって」

「いや、それは単にティーリアを困らせ……いや、うん」

ティーリアは言いよどんだアーヴィンに近寄ると、彼の手を両手で握りしめた。

「アーヴィン様。一緒に走りましょう！」

「は？」

「これからは、追いかけっこをしても捕まらないように頑張ります！」

「いや、そこまでしなくても」

「今から運動しやすい服に着替えてきますので、お待ちください！」

では、失礼しますと言って部屋を出ていくティーリアを見るアーヴィンは、口をポカンと開けていた。

アーヴィン・ケインズワースは将来、希代《きたい》の魔道騎士になる。攻撃魔法だけでなく騎士としても優秀な彼の身体能力はもちろん高い。

少年であっても護衛騎士に教えを乞い、毎朝の訓練を欠かすことはない。

これまで運動に縁のなかったティーリアがどれだけ頑張っても、追いつけるものではなかった。

「はぁ、はぁ……アーヴィン様、待って」

「なんだ、もう音《ね》を上げたのか？」

「いえ……ちょっと、水を飲みたくて」

「わかった、休憩しよう」

広い公爵家の庭園を走っただけで息が上がっている。気合はあっても身体は追いつかなかった。

屋根のあるガゼボに手を引かれて歩いていく。

ティーリアが座るとアーヴィンは手を上げて侍女を呼び、水を持ってくるように頼んだ。

「あ、ついでに塩と砂糖もお願いします」

「塩と砂糖？」

「はい、水に混ぜて一緒に取る方が熱中症の予防になるので」

「……熱中症？」

——しまった。つい漏らしてしまったけれど、この世界では使われていない言葉だ。

ティーリアは目を泳がせて、「あわわ」と慌てて口を押さえた。

訝《いぶか》しむアーヴィンにこれ以上疑われないように、「本で読みました」と答えておく。

──前世で読んだ知識だから、嘘にはならないよね……

ちらりと上目遣いになって説明する。

「急に運動をして、水分が足りなくなり倒れてしまうのことを指す言葉のようです。その予防に、水にちょこっとだけ塩と砂糖を入れるといいって読みました」

「なるほど。ティーリアがこの前倒れたのはその……熱中症だったのか？」

「そうかもしれません」

違うけど、そういうことにしておこう。

侍女が急いで持ってきた水差しに目分量で塩と砂糖を入れて混ぜる。正しい割合があったけれど、さすがにそこまで覚えていなかったので、適当に摘まんだ。

「こんな感じかな」

水に溶けきったところで器に入れて口をつけた。甘じょっぱい水は美味しいものではないけれど、身体が必要としているのか喉に心地いい。

飲み終えたところでアーヴィンを見ると、彼もそれを口に含んでいた。

「不思議な味だが、身体が喜んでいるようだ。ティーリアは珍しいことを知っているんだな」

「いえ、ちょっと……興味深い本だったから」

どんな本だと聞かれると厄介だなぁと思いつつも、アーヴィンはそれ以上問い詰めることはなかった。

休んだらまた運動しましょう！　と誘うと彼は目を丸くしてティーリアを見つめる。

「ティーリアは……身体を動かすことが好きになったのか？」

「はいっ、やっぱり健康な身体には、健康な魂が宿りますから！」

「ははっ、そうか……健康な魂、ねぇ」

「ええ、アーヴィン様も運動を好きになって、爽やかな人になってください！」

彼はもう十分鍛えているけれど、ティーリアが目指してほしいのはヤンデレ王子ではない。清廉潔白《せいれんけっぱく》で生真面目な王子様とは言わずとも、いわゆる一般的な嗜好《しこう》を持つ人物になってほしい。

とにかく婚約者であるティーリアを、その意に反して犯すような人物には育ってほしくない。

「爽やかな人……か」

「はいっ！」

ティーリアは漆黒《しっこく》の目を輝かせると、アーヴィンの紺碧《こんぺき》の瞳を見上げた。

期待の眼差しを受けた彼は、少しだけ唇をひくりとさせたけれど——何かを覚悟したようにキュッと口を引き締める。

「わかった、努力してみるよ」

目を細めて微笑む彼を見て——ティーリアの胸はひと際高く鼓動する。

爽やかな風が二人の間に吹き、さぁっと通り過ぎていった。髪を高い位置でひとくくりにしていたティーリアの髪が揺れ、顔に張りついてしまう。

「髪、ついているよ」

手を伸ばしたアーヴィンはその髪を顔からはがす。

彼の射貫くような瞳は、ティーリアの胸を確実に撃ち抜いた。

――やっぱり、かっこいい！

彼は絶大な人気のあった攻略対象だ。もちろん前世のティーリアにとっても、一番の『推し』は彼だった。

とにかく顔も身体も声も匂いも全てが好みだ。そんな彼を間近に見ることができて――ティーリアは恋をせずにはいられなかった。


それからは二人で会う時は必ずと言っていいほど、運動をするようになった。

アーヴィンが一方的に追いかけるのではなく、体力差に合わせて工夫をした追いかけっこを提案した。

毎日の運動のおかげで体力がついたティーリアは、時には彼に追いつき、さらに筋力トレーニングを一緒にする。

二年も経つと、まるで専属トレーナーになった気持ちでアーヴィンを励ました。

「はいっ！　あとちょっと！　頑張って」

「はっ、はっ……はっ」

「そうです！　凄い！　新記録だよ！」

片手腕立て伏せにスクワット、時間を測って集中的に筋肉を鍛え、高たんぱく質の食事にビタミンたっぷりの特製ジュースを渡す。

アーヴィンはティーリアの予想以上に身体を鍛えるようになっていた。

――私、前世でもこんなことしていたのかなぁ……

はっきりと思い出せないけれど、学生の頃は運動部のマネージャーをしていたような気がする。スコアを記録して、部員の筋トレを励ますのが好きだったのかもしれない。

それにアーヴィンは褒めれば褒めるほど、ティーリアの期待に添って記録を伸ばしていく。さらに比例するように、彼の性格は明るくなっていた。

意地悪な顔を見せなくなり、周囲からは『爽やか王子』と呼ばれるほど朗《ほが》らかに笑って受け答えをする。

――このままいけば、病むことはないのかも！

とにかく彼がヤンデレ化することだけは避けたい。

ティーリアは彼が闇に呑まれそうな要因を徹底的に洗い出していた。

まず、母親からの愛情不足が考えられる。彼の母親は現王妃だけれど、彼女はいい意味でも悪い意味でも、王妃らしい方だ。

第二王子には特別に目をかけることもなく、子育ては乳母や侍女達に任せきりにしていた。そして王太子であるジュストーを格別に可愛がっている。

そのせいなのか、アーヴィンは兄である彼とそれほど交流をしていない。

この前もたまたま王宮ですれ違ったけれど、ジュストーは挨拶もせず通り過ぎていった。

さらに残念なことに、親代わりをしていたアーヴィンの乳母はもう既に王宮にいない。彼が幼少時に辞めてしまっていた。

――やっぱり、王妃様よねぇ……

アーヴィンに笑いかけることもなく、淡々とした会話しかしていない。かといって全く愛情がないわけではなく、単に彼の中の何かを恐れている様子だった。

ティーリアはいつものようにトレーニングをしている時に、それとなく聞いてみた。

「ねぇねぇ、アーヴィン様は王妃様にお会いにならないの？」

「母上か？　用があれば会うけれど……それがどうかしたか？」

「う、ううん。ただ、あまりお会いしていない気がして」

アーヴィンは腕立て伏せをしているが、負荷をかけるためにティーリアを背中に横座りさせていた。

十二歳になり背も伸びた彼女をのせても、平気な顔で肘を曲げては伸ばしている。

「母上は忙しい方だからな」

「でも、慰問《いもん》に行く時間があるなら、アーヴィン様と話をしてもいいんじゃないかなって」

「……今さら、必要ないよ」

「そんなことないよ！」

勢い良く彼の顔の方を見ると、反動がついたのか「うぐっ」と呻《うめ》いたアーヴィンはぺしゃりと肘を伸ばし、腹ばいになってしまう。

「あっ、ご、ごめん」

「……いや、いい。大丈夫だ」

潰れたヒキガエルのような姿をしているのに、平気だと強がっている。

前世の人生を含めると年上になるティーリアは、いきがっている彼を見るとつい、可愛らしいと思ってしまう。

そっと背中から降りたティーリアは、アーヴィンの黄金のように輝く髪を手で梳《す》きながら、頭を撫でる。

――そういえば、もうすぐ誕生日だったよね……

いいことを思いついたとばかりに、ティーリアは手をぽんと叩く。いきなり目をキラキラとさせた彼女を見て、アーヴィンは胸に一抹の不安を覚え眉根を寄せた。

「君がそうした顔をする時は、大抵とんでもないことをするんだよな……」

「え？　何か言った？」

「……いや、なんでもない」

頭を左右に振った彼は、再び腕立て伏せをする姿勢となる。

「今度は片手でやるから、背中に乗って数えて」

「はいっ！」

ティーリアは元気良く返事をすると、さっきと同じように彼の背中に座る。「一……二……」と声を出しながら時折「がんばって！」と声援を送る。

その日も筋肉を鍛えたアーヴィンは、水を頭からかぶる。髪に残る水滴が太陽の光に反射してキラキラと輝く中、白い歯を出して笑顔を見せた。

――うん、やっぱり病んでいない！

今日も彼の輝くように爽やかな笑顔を見たティーリアは、満足そうに頷いた。

その顔を見たアーヴィンがポツリと「ま、俺のことしか考えてないなら、いいんだけどね」と呟いた声を、ティーリアが拾うことはなかった。


今日もアーヴィンは腹筋を鍛えるために、上体起こしをしている。ティーリアは足が動かないように押さえていた。

「ね、アーヴィン様。今日はこの後で良かったら、お茶しませんか？」

「あ、ああ」

「今日は私、アーヴィン様のお誕生日だから頑張ってクッキーを焼いてきたんです！」

「ああ……って、あぁ？」

貴族が台所に立つのは避けるべきとされていた。使用人達の仕事を奪うような真似をしてはいけない、というのがその理由だったが、形骸化《けいがいか》した今でも常識として残っている。

なぜなら高位貴族になればなるほど、家事労働をしないことが品位を示すものだと思われていた。

そのためティーリアは台所に立つことを控えていたけれど、アーヴィンの誕生日には何かプレゼントをしたい。

そこで前世での趣味だったお菓子作りを思い出してクッキーを焼いてみたところ、屋敷の使用人達を驚かせる出来栄えとなった。

アーヴィンも思わず目を丸くして身体の動きを止める。

「焼いたって、ティーリアが焼いたのか？」

「ええ、そうよ」

「……どうして？」

「どうしてって。一度焼いてみたかったし、アーヴィン様にプレゼントしたくって」

キョトンと首を傾げたティーリアを見た彼は、ぶわっと顔を赤らめた。ずっと上体を起こしていたためか、「もうダメだ。可愛すぎる」と呟いた途端、ばたりと仰向けに倒れてしまう。

「あれ、今日はもう終わりなの？」

「……そうする。今すぐクッキーが食べたい」

「そんなに急がなくても、着替えてからにしてね。王宮の薔薇《ばら》園にあるガゼボに準備してあるの」

くすりと笑ったティーリアは、アーヴィンの腹部に手を伸ばした。

最近、彼の腹筋が割れてきてくっきりと筋がついている。服の上からでも、厚い筋肉がついていることがわかった。

「随分硬くなってきたね」

「ああ」

目を腕で覆いながらぶっきらぼうに返事をした彼は、腹に力を入れたのかピクピクと筋肉が動いている。

「直接見たいなら、ここで脱ごうか？」

「だっ、ダメだよ！　……男の人なんだから」

未婚の男女が裸を見せるのは、はしたない行為になる。これも貴族の常識の一つだった。

「なんだ、残念だな。ティーリアならいつでも見ていいのに」

「もうっ、そんなこと言って！」

今度はティーリアが顔を赤くする番だった。ぱしっと腹部を叩くティーリアの手を取ったアーヴィンは、にやっと笑うと彼女の手の甲にちゅっと柔らかい唇を落とす。

「なっ！」

「こら、逃げない」

手を引っ込めようとしても、アーヴィンは離してくれない。

そのまま引き寄せられると、彼の腕の中にすっぽりと包まれてしまう。

「プレゼント、楽しみにしている」

「う、うん」

肩口に頭を乗せたアーヴィンがそっと囁いた。

声変わりをして、急に大人びた彼の声を聞くとドキッとする。動けなくなったティーリアの後頭部を、ゆっくりとした仕草で彼が撫でる。

身体つきがぐっと男らしくなったアーヴィンに触れられると、それだけでドキドキする。

色気のある眼差しで見つめられると、身体の中が炭を入れたように熱くなった。

おかしい、彼は爽やかな王子様のはずなのに、捕らわれたように離れることができなくなる。

――き、気のせいよね……アーヴィン様は病んでないんだから、執着とか……ないよね？

全ては彼がヤンデレになるのを回避するためだ。今日もそのために準備をしてきた。

ティーリアは温めてきた計画を実行しようと、顔を上げる。

「ね、そろそろ行きましょうか」

「そうだな」

起き上がったアーヴィンはティーリアの手を取るとガゼボに向かう。

歩いていくと、ガゼボに先客がいたのを見てアーヴィンが声を上げた。

「母上！　あなたも同席するのですか？」

「ええ、私もティーリア嬢に招かれましたの。悪かったかしら？」

「いえ、そんなことはありませんが、お忙しいのでは？」

「……年に一度の、息子の誕生日を祝うのはおかしいかしら」

「いえ」

ガゼボにはアーヴィンとティーリア、そして王妃の三人がテーブルを挟んで座る。

堅苦しい雰囲気で始まった午後のお茶会で、ティーリアはクッキーを皿に並べて運び始めた。

侍女のような真似をするティーリアを見て、王妃は片方の眉をくいっと上げる。

「アーヴィン様、王妃様、お待たせしました。私が焼いた特別なクッキーです！」

「これをあなたが焼いたの？」

「はいっ！」

満面の笑みを返すティーリアを、王妃は呆れ返った顔をして眺めた。

テーブルの前に皿を置くと、ティーリアは期待の目で二人の動向を見る。

「ありがとうティーリア。では早速いただこう」

アーヴィンは丸くて平べったい形をして、周囲に砂糖をまぶしたカントリータイプのクッキーを一つ摘まむと、それをぽいっと口に入れた。

噛み終えてゴクンと呑み込んだ彼は、一瞬動きを止めると不思議そうな顔をしてお腹に手を当てる。

「凄く美味しい。ありがとう、ティーリア。……でも、これ。何か特別なものを入れたのか？」

「はい、このクッキーを食べる人が幸せになりますように、ってお祈りしました」

「へぇ、だからなのか。身体の奥がまるで浄化されたように軽くなったよ」

「え、そうなの？　本当に？」

目を瞬《またた》かせたティーリアに、アーヴィンは魔術のことを優しく説明し始めた。

「時々いるんだよ、祈ることで魔毒を浄化できる人が」

「そうなの？　だったら私がアーヴィン様を浄化しちゃったのかな。まるで幸せ配達人みたいね」

「みたい、じゃなくて……十分そうなっているよ」

アーヴィンが蕩《とろ》けた目をして柔らかく微笑むと、その顔を見た王妃が驚いたように口を挟む。

「まぁ……あなたでもそんな表情ができるのね」

「はい。ティーリアは特別ですから」

「そ、そう」

二人が会話を始めたところで、ティーリアは「失礼します」と立ち上がった。

「アーヴィン様。せっかくですから、今日は王妃様と一緒に親子水入らずでお過ごしください。私はクッキーを皆様のところへ配りに行ってまいります」

「なに？　ここを離れるのか？」

「はい。王宮で働く皆様のためにも焼いてきましたので」

明るく返事をしたティーリアは、二人に背を向けると「上手くいった」とぐっと拳を握った。

◆

アーヴィンはその場を走り去っていく後ろ姿を、熱のこもった瞳でじっと見つめていた。

「……あなたも、変わらないようね」

「そうですか？　ティーリアに付き合っていると筋力トレーニングばかりで、だんだんと腕が太くなってきました」

「魔術師のあなたなら、筋肉なんて必要ないでしょうに」

「……ティーリアが望んでいることですから。母上、まさか彼女とのことを反対するとか……ないですよね？」

アーヴィンが王妃と視線を合わせると、彼女は「ひっ」と小さく悲鳴を上げた。

「そんなに怖がらないでください。……ティーリアが気にしますので。どうやら彼女は俺の闇に気がついているのか、何度も『病まないで』って言うんですよ。……可愛いですよね」

「そ、そうなの。あなたの言うことには、も、もちろん逆らわないわ」

怯えて声を震わせる王妃を前にして、アーヴィンは腕を組むと顎を上げた。

「これからは、ティーリアの前では普通の親子のように接してください。俺も気をつけますから」

「そ、そうね……。あなたは、今はティーリア嬢に夢中なのよね？」

「母上に答える必要がありますか？」

「い、いえ、いいの。あなたがよければそれで……」

カタカタと手を震わせてティーカップを持った王妃に、アーヴィンはクッキーの入った皿を取ると彼女の前に差し出した。

「一つだけでも食べてください。ティーリアの手作りですからね。……食べないと、彼女が悲しむので」

「え、ええ。もちろん、いただくわ」

皿からクッキーを一つ摘まみ上げた王妃を見て、アーヴィンは口角をくっと上げて微笑んだ。王妃は食べ終わるとすぐに席を立つ。

「彼女にお礼を伝えてくださいよ。それから、今日のことは兄《ジュストー》には言わないように。知られてティーリアに執着されても厄介なので」

「も……もちろんよ」

ひくりと顔を歪《ゆが》ませながら、王妃は急いでその場を去っていく。

「ふ……母親、ねぇ」

アーヴィンは不敵に微笑みつつティーカップに残っている紅茶を飲み干した。

そして再びクッキーを手に取ると口の中に放り込んでいく。不思議な癒やしの効果があるそれを、アーヴィンは噛みしめるように味わった。

◆

いつものストレッチを終えたティーリアは、汗を拭きながら今後のことを考えていた。

——アーヴィン様をヤンデレにしないだけじゃ、ダメだよね……

悪役令嬢ティーリアは彼に無理やり襲われた後でヒロインの邪魔をする。

今の自分であれば、初めてがたとえ無理やりであっても、攻略対象に近づかなければ破滅せずに済むだろう。

そのままアーヴィンと結ばれる方向に進めばいい。いや、むしろそうなりたい。

問題はヒロインがアーヴィンを選んだ場合だ。

シナリオでは悪役令嬢は婚約者を盗られたと怒り、アーヴィンを取り戻すためにあれやこれやの手を使うが、それがかえってヒロインと彼との絆《きずな》を強めることになる。

そして最悪なことに婚約を破棄され、アーヴィンのペットとして地下に監禁されてしまう。

——そ、そんなことにならないように、爽やか男子に育てないと……

自分の人生がかかっているからには、トレーニングを極めなくては。けれど、それ以外にも準備は必要だろう。

もし、ヒロインがアーヴィンを選んだ場合、きっと自分は邪魔者になってしまう。彼の幸せを思えば、どこかで引かなくてはいけない。

——やっぱり、逃亡できるように用意しておかなきゃね。

家族を守るためにも、何かあれば王都から離れ、自分一人で生活できるようにしておこう。

ただの公爵令嬢には難しくても、自分には前世の社畜根性が備わっている。

草でもなんでも料理して、生きていくだけの知識はある。……と思う。

身体もこのまま鍛えていけば、体力も十分つくはずだ。

そんなことは考えたくないけれど……彼から婚約を破棄された場合、すぐにでも王都を出られるようにしておこう。準備をしてしすぎることはない。

ティーリアは最後の手段として……逃亡ルートを考え、資金を外に貯めておく。

——できれば、こんな手段は採《と》りたくないけれど、備えあれば憂《うれ》いなし、だから。

子どもながらに大人びた顔をした彼女は、時折冒険者の姿になって下町へ行くようになる。全ては破滅を回避するためだった。

◆第二章

それから六年――ティーリアは魅力を増していくアーヴィンに負けないように、自分を磨くことを怠《おこた》らなかった。

数々の男性を魅了するというゲームの設定通り、ティーリアの身体は女性らしく変化していく。

ダフィーナ王国では、婚約者のいない者は積極的に舞踏会に出て相手を見つけることが習慣になっていた。

ティーリアには既にアーヴィンがいるけれど、社交界デビューは令嬢にとって特別な意味を持つ。その日のために用意された白いドレスに、婚約者のいる者は相手の色のアクセサリーをつけてエスコートをしてもらう。

若い女性であれば憧れるデビューの日を、ティーリアは慄《おのの》きながら待っていた。

――もうすぐよね……確か、ゲームが始まるのって。

ようやく十八歳になったティーリアは、はちきれんばかりに揺れる胸と引き締まった腰、ぷりっとした臀部《でんぶ》にすらりと伸びる肢体、何よりも蠱惑的《こわくてき》な瞳を持ち、見る者を惹きつけて止まない――とびっきりの美女となっていた。

少し上がり気味の目尻に、強気に見える眉を強調する化粧をすれば、ゲームの中のスチル画そっくりの『悪役令嬢』となるに違いない。

——あんなに頑張って、痩せようとしたんだけどなぁ……

日々の訓練のおかげで腹筋はうっすらと割れている。

けれど思っていたように筋肉はつかず、胸も臀部《でんぶ》もしっかり育って気がついた時には豊満ボディになっていた。

波打つ鮮やかな紅赤色の髪を垂らし、眉を整えて唇に色をつける。鏡の中に映る自分はどこからどう見ても男を惑わす絶世の美女だ。

——ただし、中身は大変残念なのですが……

努力したけれど勉強の方はさっぱりだった。地理も歴史も言語も覚えることができない。

マナーだけは辛うじて身に着けたけれど、運動ばかりに夢中になって、他がおろそかになっていた。

こんなことではアーヴィンに愛想をつかされてしまう……かもしれない。

成人した彼は魔道騎士として既に活躍している。今は隣国も大人しいのか、攻めてくる気配はないため王都にいて訓練する毎日だ。

ティーリアが日々励ました結果、彼はぱっと見ではわからないが全身が筋肉で覆われた屈強な騎士となっている。魔術の訓練も怠《おこた》らず、攻撃力で右に出る者はいないという。

そして、とても爽やかな笑顔を振りまく好青年となっていた。

ゲームでは陰のある雰囲気を持ちながらも、女性をメロメロにする性技を持つ絶倫系のヤンデレキャラだったのと比べると、かなり違う。

といっても、彼が絶倫かどうかまではわからない。

一般的に魔力の強い人は精力も強いと言われているけれど……最近、特に彼が騎士団に入ってからは会うことが少なくなっていた。

アーヴィンの背は高くなり身体つきも更に男らしい。爽やかで朗《ほが》らかな彼を遠目にでも見ることは、ティーリアの楽しみになっていた。

ティーリアは差し入れのお菓子を用意すると、騎士団の訓練場に行き彼の姿を探す。スタジアムのように円形となっている闘技場では、外部の者が入って見学できる日が決まっている。

婚約者とはいえ、子どもの頃のように頻繁に会えなくなっていた。

それでもなるべく近くにいたいから、ティーリアは見学可能な日は差し入れを持って闘技場に行き、訓練を見守っている。

今日は見学するだけだから、オフホワイトのエンパイアスタイルのドレスを選んでいた。

コルセットのいらない、胸の下で切り返しを作り、スカートがストンと下に落ちるデザインだ。

オフショルダーでチューブトップのため、胸の大きさが少し強調されてしまうけれど、どんなドレスを着ても同じだから仕方がない。

それに日に焼けないように、ハイ・ウエストの短い青のジャケットを羽織ることにした。これなら首元も腕も隠れる。

ちなみに青色を選んだのは、彼の瞳の色だから。だって、アーヴィンのことが大好きなことをいつでもアピールしていたい。

この日は騎士団の模擬戦闘訓練が行われていた。

「隊長、全員揃いました！」

「よしっ、お前達！　どんな手を使ってもいいから一人ずつかかってこい！」

「「はいっ」」

ずらりと並んだ騎士達を前にして、部隊長のアーヴィンは声を張り上げた。まるで前世の体育会系の部活動を思い起こさせる。

ティーリアは日傘を差し中央の席に座った。

以前は最前列で見ていたけど、そうすると騎士達がチラチラとティーリアを見てしまう。それが気に入らなかったのか、アーヴィンからは後方に座るように言われている。

――そんなに心配しなくたって、私にはアーヴィン殿下だけなのになぁ……

ティーリアは自分がどれだけ人を惹きつける容姿をしているのか、わかっていなかった。

風に揺れる艶《つや》やかな紅赤色の髪に、雪のように白く透き通る肌。黒曜石のように輝く瞳に可愛らしい唇。

そして、服の下にははちきれんばかりの豊満ボディがあることが見え隠れしている。

アーヴィンの婚約者であると知らない新人騎士は、見学に来た彼女に気がつくと必ず目が離せなくなり――部隊長の彼から厳しくしごかれるのがセットであった。

「では！　一番から行きます！」

「おう！」

金色に輝く太陽のような髪をしたアーヴィンは、黒い戦闘用の騎士服を着ている。腰に剣を佩《は》きながらも、余裕たっぷりに腕を組んで立っていた。

相手は正面に長剣を構え、打ち込もうとしている。

身体つきも大きく、いかにも強そうな騎士だ。

「はぁああ——っ！」

「気合の入れすぎだ」

騎士が打ち込むのと同時に、アーヴィンは片手で太刀筋を流し、向かってくる剣を横に反らす。

同時に空《あ》いている手で騎士の額を人差し指で突くと、あっという間に騎士はばたんと倒れてしまった。

「いいか、魔道騎士が相手であれば、太刀筋などすぐに見極められる。お前達はもっと工夫するんだ！」

「「はいっ」」

魔術を同時に使う騎士——魔道騎士は数が少ない。それでも一人いれば戦況を大きく変える存在のため、戦争となれば敵の魔道騎士を倒すことが先決だった。

そのため、アーヴィンは騎士達に戦うための訓練を怠《おこた》らない。

どれだけ騎士が束になって挑んでも、アーヴィンは怯《ひる》むことはなかった。彼の他にも魔道騎士はいるけれど、騎士としても一流の彼には太刀打ちできない。

——いつ見ても、かっこいいなぁ……

騎士達を指導する姿も、剣を持つ姿も全てがかっこいい。

あんなにも素敵な人が自分の婚約者だなんて、未だに信じられないくらいだ。

騎士団にいる時の彼は、強いカリスマ性を持ちリーダーシップを発揮している。

うっとりと見つめながら、ティーリアは自分で続けているトレーニングを思い出す。

本当は騎士団に入って基礎訓練を受けたいけれど、それだけはダメだとアーヴィンから止められていた。

それでもと粘ったものの、万一ティーリアの肌に傷をつけた騎士が出たら、そいつを半殺しにしかねないと言われてしまう。そうなると遠慮せざるを得なかった。

それに鍛えたけれど、女騎士となれるような身体ではない。

あまりにも肉が……胸とか臀部《でんぶ》につきすぎている。どうやっても筋肉がつかない身体は、触れるとマシュマロのように柔らかくて……アーヴィンのお気に入りだ。

「でも、だんだん悪役令嬢に近づいているのよねぇ」

けれどもアーヴィンは爽やかな王子様になっている。

そうに違いないと思いつつ、訓練の終わった彼に差し入れを渡そうとティーリアは個室に向かっていった。

部隊長の彼は、騎士団の詰所にある部屋を割り当てられている。

そこには簡易なシャワー室もあり、着替えや仮眠ができるようになっていた。

「アーヴィン殿下。ティーリアです」

ノックをしたけれど返事がない。こうした時はシャワーを浴びているから、中に入って待っているようにと言われている。

いつものように侍女と護衛を控え室に待たせると、ティーリアはアーヴィンの部屋の扉を開けた。

アーヴィンはシャワー室で汗を流していたのか、濡れた金髪を布で拭きながらズボンだけを穿《は》いた姿で立っている。

筋肉で陰影のある身体つきをし、腹部はきれいに割れていた。

「ティーリアか。待たせたね、こっちにおいで」

上半身を晒《さら》し、涼やかな目をしたアーヴィンが目の前にいる。

最近はよく見る姿だけれど、あまりにも目に眩しい。あれだけ鍛えているのに筋肉はほど良い感じだ。湯気と一緒に、男らしい色気も立ち上《のぼ》っていた。

――凄いなぁ、どんどんかっこよくなっていく。これなら私以外の女性に目を向けてもおかしくないよね……

自分にこだわることなく、適当に女性をつまみ食いして発散すれば、シナリオのようにティーリアを凌辱《りょうじょく》することはないかもしれない。

けれど、アーヴィンが他の女性に触れる――そのことを考えると、胸の奥がツキンと痛んだ。

「どうした？　ティーリア。今日は大人しいね」

「いえ、そんなことは……」

「もう今日はトレーニングしないのか？」

「なっ、殿下は騎士団に入られたのですから、私が相手をしなくても」

ティーリアがはっと顔を上げると、冷ややかな目をしたアーヴィンと視線が絡んだ。

「……名前」

「え」

「名前。ティーリアは俺のこと、敬称ではなくて名前で呼んで」

「でも……もう、小さな子どもではありませんし」

「俺が嫌だから。ティーリアは……特別だって、知っているだろう？」

手を伸ばした彼はティーリアの頬を撫でた。

口元は笑っているのに、目が笑っていない。

どこか昏《くら》い色の瞳をした彼に、ティーリアは手作りのマカロンを差し出した。

「では、アーヴィン様。今日は自信作です」

「ふぅん。美味しそうな色をしているね」

「はいっ、この色を出すのが大変でした」

籠《かご》の中には色とりどりのマカロンを並べてある。ティーリアは彼に愛情を知ってもらおうと、こうして手作りのお菓子を焼いて持ってきていた。

「じゃ、君が食べさせて」

「え」

彼の長いまつ毛が紺碧《こんぺき》の瞳の上に影を落としている。

どんな表情をしても彼はとても美しい。すっかり体育会系男子に育ち、普段は明るく人を引っ張るタイプの王子様なのに、ティーリアの前では甘える姿がキュンとする。

けれど時折、紺碧《こんぺき》の向こう側に深い闇が見えることがあった。

――ううん、気のせいよ。彼はとっても明るい人になったし、病んでなんかいない……よね？

一抹の不安を覚えつつ、ティーリアは赤いマカロンを取ると彼の口元へ持っていった。

「美味しそうだ」

目を光らせて唇を舐めた彼から、壮絶な男の色気が漂《ただよ》っている。

マカロンのことを言っているのに、なぜか自分のことを言われた気がして、ティーリアは背筋をヒヤリとさせた。

――ま、まさかね……

アーヴィンのことは好きだけれど、とにかく彼が引き金となって自分は破滅の道をたどってしまう。それだけは避けたくて努力を重ねてきた。

しかし最近、アーヴィンが自分を見つめる瞳が怖い瞬間がある。

ゲームが開始する時期が近づいているから、余計に気になるのかもしれない。

赤いマカロンを口に入れたアーヴィンは、一緒にティーリアの指を舐めた。

「っ、ひっ」

手を掴まれると、離れることはできない。

「どうした？　指にお菓子の屑《くず》がついていたから、舐めただけだよ？」

「う、うん……」

目を細めてうっそりと笑った彼に、ティーリアは慄《おのの》いてしまう。――嫌な予感しかしなかった。

「今日はどうして……そんなに離れて」

アーヴィンが視線を扉に向けると、カチャリと鍵がかかる音がする。

彼の魔術は、時折こうして使われる。鍵のかかる音――それはいつもの二人の時間を意味していた。

「おいで」

両手を広げる彼の元に引き寄せられる。左手で腰を持たれると、右手は必ずティーリアの顎にかけられた。

「……どうしてほしい？」

「どうして、って……」

答えるより早く、アーヴィンは薄い唇をティーリアの唇の上に置いた。

チュッとリップ音をさせて、愛おしむように唇を吸われる。そして再び探るような瞳でティーリアを覗き込んだ。

騎士団に入って二人で過ごす時間が少なくなった頃から、彼とキスをするようになっていた。

最近はそれだけでは止まらない。ティーリアが成人に近づくにつれ、彼の手と舌は激しく蠢《うごめ》くようになっていた。

――今日も、感じちゃう、かなぁ……

期待と不安と恐怖でドキドキする。最初はささやかな触れ合いだったのに、最近はエスカレートしている。

この前はとうとう、スカートの下に手を入れられ和毛《にこげ》に触れられた。そしてショーツの上から、あわいに沿って指でなぞられた。

こうした触れ合いになるとどことなく、彼の中の闇が増すような気がする。

「今日は俺ではなく、騎士の方を見ていたね」

「えっ、そんなこと」

「ダメだよ、相手がいくら怪我をしても。俺だけを見るように、いつも言っているだろう？」

顎をくいっと持ち上げられる。視線を外そうとしても、横を向くこともできない。

他の騎士を見ていたと言うけれど、アーヴィンの剣を避《よ》けきれず怪我をしたからだ。

少し心配になり見ていただけで、何もしていないのに。

最近のアーヴィンは、視線さえ独占したがる。……ちょっと怖い。

「ティーリア」

それでも硬い声で命じられると、身体の奥がキュンと疼《うず》く。ビクリと身体を震わせ、彼の熱っぽい視線に絡めるようにして見つめ直す。

「ごめん、なさい。もう、ア、アーヴィン様から目を離さないから……ゆるして」

目を潤ませて謝罪の言葉を告げると、彼は形の良い口の端をくいっと上げた。

同時に身体を密着させるように押しつけてくる。窓から差し込む光が眩しいくらいなのに、爽やかな彼はどこかに行ってしまったようだ。

ショートジャケットを脱がされると、コルセットをつけていない胸が彼の裸の胸に当たる。綿モスリンの生地は薄くて、先端が彼の胸に当たりキュッと固くなった。

「うん、それなら口を開いて」

返事の代わりに薄く口を開くと、彼の舌が唇を舐める。

甘やかな吐息と共に、熱を帯びた目がこちらを覗き込む。そっと目を閉じると、それを合図に彼はこじ開けるように舌を入れてきた。

「んっ、んんっ……んっ」

息ができないほどの激しい口づけに耐えられず、思わず彼の両腕にしがみつく。

唇の裏側の柔らかい部分を重ね、湿り気のある音を立てながら彼の舌が口内で蠢《うごめ》いた。

歯列を舐め、頬の内側をなぞり唾液を呑まされる。こくりと喉を鳴らすと、アーヴィンは嬉しそうに目を細めていた。

ゾクゾクとした快感が背筋を通じて下半身に流れていく。こうなると膝がガクガクとして、立っていられない。

「ティーリア、腕を回して」

優しく、しかし逆らうことを許さない声で命じられると、再び下半身がキュンとする。

彼の厚い身体に腕をからめ、背中に手を伸ばして抱き着いた。

「そう、いい子だ」

顎を持っていた手が、いつの間にか後頭部に回されている。腰に添えられていた手は、まろやかな臀部《でんぶ》の形を確かめるように、いやらしく動いている。

「んっ……んんっ……あっ、……はぁっ……ぁ」

恍惚《こうこつ》とした瞳をしていると、口から溢れた唾液をじゅるっと呑み込まれる。

絡ませた舌先が痺《しび》れるほど彼に吸われ、頭の芯までもが痺《しび》れていくようだ。

「可愛いよ、ティーリア」

うっそりと囁かれると、頬がうっすらと熱を帯びる。

尖りを増した乳頭が、彼の硬い皮膚に当たっている。自然に上半身を揺らして、尖りに刺激を与えていた。

「……触ってほしい？」

「え？」

「自分の口で、言ってごらん。触れてほしいところ」

あまりにも恥ずかしすぎて、一気に顔が火照《ほて》ってしまう。

いくら知識はあっても、前世では社畜すぎて恋愛する暇もなかった。こんな大人なキスはおろか、男の人の昂《たかぶ》りさえ目にしたことはない。

身長差があるから、彼の腰にある雄の剣がティーリアの臍《へそ》の部分に当たっていた。

いつもは厚い隊服のトラウザーズに守られているそれが、今日は薄い下穿きだけのためダイレクトに感じてしまう。

アーヴィンも自分に触れることで興奮していることがわかり、一層恥ずかしさが増していた。

「自分でわからないなら、教えてあげようか？」

「あっ」

彼は胸元を絞めるドレスの紐を緩めると、一気に引き下ろす。

「きゃあっ」

ポロン、と音を立てる勢いで裸の胸が露《あら》わになる。人よりはるかに豊かに育った胸は、はちきれんばかりに淡く色づいて揺れていた。

「……凄いな、こんなに熟《う》れているなんて。……想像以上だ」

成長してから、アーヴィンに見られるのは初めてだ。

いつか、結婚した後に薄暗い部屋で触れられると思っていたのに、こんな昼間から明るい部屋で晒《さら》すことになるとは思っていなかった。さらに、乳頭は既に尖ってピンと勃《た》っている。

「恥ずかしいから、待って」

腕で隠そうとしても、彼に両腕を押さえられる。その上、片足を股の間に入れられ、動きを封じられた。

熟《う》れたベリーのように丸く色づいた先端に、薄い色をした大きめの乳輪。

うっとりとしたアーヴィンは、そのまま顔を近づけると先端に美味しそうに口づけた。

「んっ、あっ」

ピリッとした刺激が身体中を走り抜ける。

まるで赤ん坊のようにちゅうちゅうと吸いながら、舌先で乳頭を転がしている。片手で両方の手首を同時に押さえつけると、空《あ》いた手でもう片方の乳房を揉み始めた。

「あっ……っああっ……ん、あっ、気持ち……いいっ」

初めて与えられる快感に、頭の芯が蕩《とろ》けそうになる。

彼の手に余るほどの乳房が、男の好きなように形を変えた。親指と人差し指で先端を摘まみつつ、大きな口を開けて乳輪いっぱいを食《は》むように咥える。

「あああ……っんんっ、あっ……っ」

両方の乳頭を思う存分味わったアーヴィンは、口元を唾液でてらてらと濡らしたまま顔を上げた。はぁはぁと息を荒くしたティーリアの顔の前で、それを手で拭う。

——ぞくぞくするほど、色っぽい。

「ティーリアは、大きくなったね」

獣のような目をしながらも口元を緩め、アーヴィンが甘く囁いた。大きさを確かめるように、乳房を両方の手で揉みながら味わっている。

「もう……ダメ、だよ……」

婚約しているとはいえ、まだ結婚したわけではない。

長い付き合いがあるから、こうして部屋に二人きりでいるけれど、本来であればもっての外《ほか》だ。

「もっと……吸わせて」

「んっ……んんっ……ぁ」

再び口を唇で覆われ、胸を揉みしだかれる。両方の手で先端を捏《こ》ねられながら、まるで犯すように舌先が入り込んできた。

彼の片足が股の部分を撫でるように押し上げている。いやらしい動きに、どこもかしこも痺《しび》れて快感が矢のように背筋を這い上がる。

「んんんっ、……んん――――っ！」

ドクッと心臓が跳ねると同時に、脳天を快感が突き抜けていく。

ビクビクッと身体を震わせて、ティーリアは全身で達していた。

とろんとした目をして、絶頂の波が引くと共に身体から力が抜けていく。初めて味わった絶頂は、彼女の気力と体力をそぎ落としていた。

「おっと」

カクンと膝を緩めたティーリアを、アーヴィンはしっかりと受け止めた。同時に目を細めて彼女のむき出しの背中をそっと撫でた。

「疲れてしまったかな……ティーリア」

「ん、もう……ダメ」

くたりと力の抜けたティーリアを横抱きにしたアーヴィンは、仮寝できる狭い寝台に寝かせると、横に座る。

そして露《あら》わになったままの胸元に再び顔を近づけた。

「なんて柔らかいんだ……最高だよ」

気に入ったとばかりに優しく揉みながら、先端を口に含み味わっている。

半分意識を失いかけていたティーリアは、もう時間だからと彼の頭をペシリと叩いた。

「もう……ダメだよ。ここから先は、まだダメ」

「こんなの目にしたら、もう待てないよ」

「そんなこと言っても、ダメ」

くにくにと捏《こ》ねられ尽くした乳房には、ところどころ赤くうっ血した痕がついていた。

胸元の開いたドレスを着ると、見えてしまうかもしれない。

「あっ、やだぁ。アーヴィン様、ダメ！　もう本当に止めて！」

額をぐいっと押し上げて彼の顔を胸から引き離す。

さすがに本気になって怒ると、アーヴィンは素直に顔を離した。同時にティーリアも上半身を上げ、寝台に横座りする。

「こんなにいっぱい痕がついてる……どうしよう、恥ずかしい」

着替えを手伝う侍女達にも、アーヴィンに吸われたことを気づかれてしまう。

そうすると、母親の知るところになるだろう。相手が彼であることは疑われないと思うが、とにかく指摘されると恥ずかしい。

「大丈夫だよ。今度一緒にご両親のところに顔を出すから。俺がつけた痕だってわかるように、それとなく話をするからさ」

「もうっ、そういうことじゃなくて！　お母様は淑女の鑑《かがみ》なのに……」

「俺はそうでもない君の方が好きだけどな」

「ア、アーヴィン様！」

ドレスの胸元を引き上げて、紐を結び直す。今日のハイ・ウエストのドレスは簡単に着脱できるのがあだになった。

「今度からも、俺のところに差し入れに来る時は、この形のドレスにするんだよ」

「も、もうっ！」

「ははっ、赤くなったティーリアは、やっぱり可愛いね」

くつくつと笑い始めた彼を横目に、乱れた髪を整える。

控室にいる侍女にはきっと何をしていたのか、わかってしまうだろう。けれど、最近は毎回乱されている気もするから、彼女も見て見ぬふりをするに違いない。

「こんなことしていると、もう差し入れに来るのを止められちゃう」

「これまでダメだって言われていないだろう？　それが答えだよ」

「そうなのかなぁ」

「大丈夫だよ。……こっち向いて、ティーリア」

顔を彼の方に向けると、再び甘く口づけられる。最近のアーヴィンは、二人きりになると砂糖菓子のように甘くなって襲いかかってくる。

時に意地悪になるけれど、まだヤンデレというほどではない。

「そうだ、成人した君にプレゼントを用意したんだ」

ふと思い出したように、アーヴィンは棚から四角い小さな箱を取り出した。

中には彼の瞳の色をした、碧《あお》く澄んだサファイアがはめ込まれた金色の指輪が据わっている。

「わあ……綺麗。これ、私のために用意してくれたの？」

「ああ。俺の魔力を込めてあるから、外さないでくれると嬉しい」

「……魔力って」

「ちょっぴりだよ。危険避けだけ。病気には効かないから、君を守るには完璧ではないけど」

「……」

にこやかに答えるけれど、それはちょっぴりの魔力というのだろうか。

とにかく悪意を持って近づく人間は触れることができないそうだ。

箱から取り出すと、彼がそっと左手の薬指を持ち上げる。

以前、婚約の証に指輪をこの指にはめたいと伝えたことを、覚えていてくれたらしい。

指輪のはまった薬指に、アーヴィンはゆっくりと顔を落としてキスをする。

「ありがとう。……すごく嬉しい」

「どういたしまして」

アーヴィンは涙ぐみそうになるティーリアをふわりと抱きしめた。

この温もりを手放したくない。そうならないようにと思いながら、これ以上彼が豹変しませんようにと心の底から祈るのだった。

◆

ティーリアはクローゼットの奥から町娘に変装するための服を取り出した。月に一度は下町に行き、逃走する時に備えて下準備をしている。

黒いタイツの上に黄色のホットパンツを穿《は》き、茶色の編み上げロングブーツを合わせた。上はシャツに柄の厚手のチュニックを被る。大きめのベレー帽をすっぽりと被り、髪の色がわからないように全部中に押し込めた。

仕上げにレンズが薄く青色がかった黒縁メガネをかければ、誰も公爵令嬢ティーリアとは思わない。

この世界にはいわゆる『冒険者ギルド』があった。

お宝の眠るダンジョンを攻略する人々が所属していて、国を超えた繋がりがある。ギルドは都合のいいことに、国籍を持たない者でも利用できた。

だから『リア』として登録し、お金を預かってもらう。

隣国にもギルドはあり、情報は繋がっている。普通の銀行を使うと、公爵令嬢の身分がなくなった時に引き出せなくなるから、ギルドしか選択肢はなかった。

でも、体力には自信があったけれど、冒険者登録をするには弱すぎる。

魔術も使えないし、ダンジョン攻略なんてとんでもない。すぐに迷子になるのが目に見えたところで、アーヴィンの言葉を思い出した。

彼は『身体の奥がまるで浄化されたように軽くなったよ』と言い、ティーリアが作ったクッキーを喜んで食べていた。

魔術師はどうしても魔毒に侵されやすいから、それを消すための『浄化アイテム』が必須だ。

神殿に行けば祈りで浄化できるけれど、時間もかかるし神殿嫌いの魔術師は多い。そこでハッと閃《ひらめ》いた。

——私にはもしかすると、『浄化』の力があるのかもしれない。

アーヴィンが魔毒に強いのは、幼い頃からティーリアが祈りを込めて手作りしたお菓子を食べ続けたから——かもしれない。

そうなると、保存できて簡単に摂取できるような……いわゆる『浄化ポーション』を作れないだろうか。

そして試行錯誤して試作品を作ってみた結果。

なんと、ギルドマスターのロデオも驚くほど品質の良いポーションを作ることができた。

今日はその浄化ポーションを売りに行く日だ。

侍女には一日部屋に籠《こ》もりたいから入るなと命じ、護衛は扉の外に立ってもらう。バルコニーから縄梯子《なわばしご》を下ろしても、壁と同色のため意外と見つからない。

まさか公爵令嬢が二階のバルコニーから降りて外に出ているとは、誰も思わないだろう。

あとは侍女の使いに扮《ふん》して裏口から出れば、外の世界はすぐそこにあった。

「あー、気持ちいい！」

作り置いたポーションを袋に入れて、颯爽《さっそう》と歩き始める。

幼い頃はさすがに一人で外を歩くのは怖かったけれど、大人と変わらないくらいに背が伸びてからは動きやすくなった。

元々、前世は庶民だから公爵令嬢として「あれはダメ」「これもダメ」「淑女らしく」と言われる生活の息抜きが欲しかった。

——庶民の生活の方が、断然楽しいんだよね……

自由な街の空気を吸う度《たび》に、ティーリアは心を浮き立たせる。

立ち食いをしても、誰にも叱られない。監視をしている侍女もいない。ティーリアは完全に庶民の生活に馴染《なじ》んでいた。


「こんにちは！」

「おう、リアか。今月の納品日だな、待っていたよ」

王都の隅にある冒険者ギルドに到着すると、ロデオに声をかけられる。

ティーリアは『薬師《くすし》リア』として登録していた。納品できるのは浄化ポーションのみだけど、固定客もついて結構いい値段になるようだ。

背負っていた袋をドンッとカウンターに置いて、中身を取り出した。

「なぁ、リア。前にも言ったけど、卸《おろ》す数をもっと増やせねぇかなぁ。ここのところ、リアのポーションの効き目が良すぎて、奪い合いに近いんだよ」

「そうは言われても……私も副業でしているだけだから」

普段は公爵令嬢として、未来の王子妃としての教養を学ぶための勉強がある。どうしてもポーション作りだけにかかりきりにはなれない。

「それをさぁ、専業にできねぇかな。安定してこの倍の数を納品してくれれば、収入は三倍どころじゃねぇよ」

――今でも十本作るだけでヘトヘトになるのに、これ以上増やせるだろうか。……うーん、無理だな。

「マスター、そうしたくなったら考えるね」

にこりと笑って返事をすると、周囲にいる冒険者達がざわっとしている。何か、いけないことをしたのだろうか。

筋骨隆々で、かつては名の売れた冒険者だったロデオはギロリと周囲を見回した。

彼は以前、冒険者に絡まれた時にも助けてくれた。

大切な薬師だからと、ティーリアに手を出すなとお触れを出してくれてから、近づいてくる男性は少なくなっている。

「ん？　リア、お前……何か魔力のあるものをつけているのか？」

さすがに敏感なロデオは気がついたようだ。

リアは左手にはめた指輪をそっと彼に見せる。

「これ、私の婚約者がくれたの。彼の魔力がちょこっとだけ付加してあるって、言ってたけど」

「はぁ、これがちょこっとって。お前……婚約者っていう奴は相当な魔術師だな」

「は、はは」

乾いた笑いが出てしまう。ティーリアには浄化の力はあっても、魔力は全くない。

正直、普通の指輪をつけている感覚しかないけれど、魔力を探知できる人にはよくわかるらしい。

「ああ、執着っていうか、怨念っていうか……でもまぁ、そいつとは上手くいってるのか？」

「え、う、うん」

上手くいっているというか、この前は胸まで触られて、大人のキスもしている。

毎回「可愛い、好きだ」と耳元で熱く囁かれ、もう身体中で彼に触られてないところを探す方が大変だ。

前回の甘い触れ合いを思い出し、ティーリアは頬を赤く染めた。

「そうか、気持ちが通い合っているならいいけどよ。そんなギラギラに執着している奴からは逃げられねぇから、リアも気をつけろよ」

「え」

――逃げられないって……だ、大丈夫よね。

彼は爽やかイケメン王子様だ。シナリオのようなヤンデレには育っていない。

ちょっと怪しいところもあるけれど、大丈夫、大丈夫と心の中で唱えておく。

「今回も売り上げは貯めておけばいいのか？」

「はい、そうしてください」

「おう、前回の明細を渡すから、ちょっと待っていてくれ」

事務所の中へ入っていくマスターを見て、ティーリアはカウンターから隅の方の席へ移動する。

あまり目立ちたくないから、話しかけられないように俯いていた。

「ねぇ君、あの噂の薬師なんだって?」

それでも問いかけられると、答えないわけにはいかない。仕方がないとばかりに、胡散臭《うさんくさ》い顔をした男に顔を向けた。

「噂かどうかはわかりませんが、薬師をしています」

「あれ、君すっごく可愛いね。眼鏡を取って、顔をもっと見せてよ」

いや、という前に素早く手が伸びてくる。

避けることができず、どうしよう? と思った時にはバチバチッと指輪が光り、相手の手を攻撃していた。

「いっ、いってぇ! 何仕掛けているんだよ!」

「え、何も……」

男は手を押さえながら怒りを含む目で睨みつけてきた。

——や、どうしよう。……怖い。

今にも殴りかかろうとしている男を前にして、ティーリアは震えてしまう。

拳を振り上げた男が再びティーリアに近寄ると、さらに激しい衝撃音と光が放たれた。

「うぐっ」

バタン、と音を立てて男が倒れる。一部始終を見ていた周囲の冒険者が「あーあ、アホだな」と言いながら男を回収していく。

「薬師さん、驚かせて悪かったな。あんたの守護が強すぎて、悪意を持つ奴は誰も近寄れねぇよ」

「え？　守護？」

「その指輪からかなぁ。すっげぇ強い魔力の守護を感じる」

リーダー格の男が指をさした先には、先ほどロデオからも指摘された指輪があった。もしかすると、アーヴィンの魔力が守ってくれたのだろうか。

「これ、そんなにも強力なの？」

「……まぁ、それを作った奴に聞くんだな。その執着具合じゃ、素直に話すような奴には思えねぇけど」

「……」

男達はティーリアの前からサーッと避けていった。よほど、指輪の魔力が恐ろしいらしい。

――そんなに強いんだ……

今さらながら、アーヴィンの魔術の才能に驚かされる。

普段は何ができるのかを教えてくれないし、仕事が絡むと何も伝えてくれない。

そんな彼からの贈り物が、こんなにも強力で執着を感じさせる指輪だなんて。

――た、ただの愛情表現だよ……ね。

背中に冷たい汗が流れていく。マスターから明細を受け取ったティーリアは、その日はよそ見をすることなく公爵家に戻るのだった。

◆第三章

ゲームのオープニングは、ティーリアが社交界デビューする舞踏会だ。同い年のヒロインは桃色のゆるふわ髪に、二重のくっきりとした目を持つ美少女。

彼女は大きくなってから男爵に引き取られるが、元は庶民という設定だった。

ヒロインの持つ明るさと小悪魔的な可愛らしさに、攻略対象の男性陣は次々と堕ちていく。

屈強なガチムチ宮廷騎士に、知的なメガネ宰相補佐官。年上の色気たっぷりのイケオジ王弟殿下に、謎めいた暗殺者、そしてヤンデレ第二王子。

超絶美形の王太子殿下という隠しルートもあった。

そして逆ハールートも大人気だった。なにせ『あなたの愛淫に囚われて』というタイトルが示すように、色んなタイプのイケメンから口説かれてエッチになだれ込むのがゲームの醍醐味《だいごみ》なのだ。

ティーリアはどのルートであっても、ヒロインの前に立ち塞がる悪女。時には攻略対象を惑わし、濡れ場に持ち込んでヒロインを煽《あお》っていた。

――本当に、そんな設定いらないのに……

舞踏会の支度をしつつ、はーっとため息が出てしまう。自分が転生したことに気がついてから八年。

——あらゆる手段を……取れたかな……最後は運動してばっかりだったけれど、頑張ってきた。

変わったことといえば、アーヴィンが爽やかイケメンになったことだ。

そして自分は決して淫乱でもなんでもない。アーヴィンとの関係も良好で、ちょっとだけいやらしいことをしているけれど、最後まではしていない。

——ま、知識だけは他の令嬢より持っているけど。

とにかく婚前交渉などとんでもない！　という世界だから、男女の閨事《ねやごと》は特に秘められていた。

果たしてこんな世界でヒロインはどのルートを選ぶのだろう。

できれば平和そうな人を選んで、健全な結婚生活を営《いとな》んでほしい。

そしてお願いだから自分やアーヴィンを巻き込まないでほしい。ティーリアはアーヴィンのことが大好きな公爵令嬢に過ぎない。

——きっと、アーヴィンと結婚できれば解決するよね……

左手にはめた指輪を見つめながら、大丈夫と自分に言い聞かせる。

破滅は怖いけれど、ヒロインがアーヴィンルートを選ばなければ、あとは攻略対象に近づかなければいいだけだ。

選んでしまった場合でも、今のアーヴィンであれば自分のことを凌辱《りょうじょく》した上で捨てるとは思えない。

——大丈夫、大丈夫よ。

心の中で唱えながら、くびれた腰をコルセットで締めつける。流行だから、豊満な胸の谷間をめいっぱい作りドレスを着た。

白のチュール・レースがふんだんに使われた胸当てに、パニエで膨らませたスカートには煌《きら》びやかなビジューが縫いつけられている。

前回つけられたキスマークも、なんとか見えないところに隠していた。

首回りをすっきりとさせるように、髪はカールして盛り上げている。アーヴィンの髪の色をした蜂蜜色の細いカチューシャをつけ、お揃いのチョーカーを首につける。

それには薔薇《ばら》の飾りが中央についていた。

「まぁ、お嬢様。とてもお美しいですわ」

「本当に、薔薇の花が咲き誇ったようですね」

普段より丁寧に化粧を終えたところで、アーヴィンの乗った馬車が到着する。

仕上げに薔薇の香水を振りかけ階段を降りると、ティーリアを見上げたアーヴィンが嬉しそうに微笑んだ。

「ティーリア！　今日は特別に綺麗だね。そんな君のエスコートができるなんて、誇らしいよ」

彼は騎士団の式典用の黒服を着て、短い紅のマントを片方の肩にかけている。立て襟に金の肩章と同じ色をした飾り帯が揺れ、彼の魅力を余すところなく表していた。

――なんて、素敵なの……！

普段と違い金色の髪を後ろに撫でつけ秀《ひい》でた額を出している。

男らしい眉に、美しく輝く紺碧《こんぺき》の瞳に薄い唇。一層精悍《せいかん》になった顔をした彼は、極上の男性だ。

今日はヒロインも来るに違いない。

どうか、アーヴィンを選びませんように！　と心の中で唱えつつ、今夜はずっと彼と離れないでいようと決意する。

ヒロインが誰を攻略するかを決めると、庭園にある噴水の前で二人は語り合う。そこを邪魔するように割り込むのが悪役令嬢の役割だ。

だから、アーヴィンには噴水の近くに行かないようにお願いしてある。

彼は爽やかに笑いながら、「わかったよ」と言ってくれた。

――だから、大丈夫。大丈夫よ。

これまで重ねた年月を思えば、きっと大丈夫。アーヴィンはティーリアを裏切ることはないだろう。

時折ちょこっとヤンデレの片鱗《へんりん》が見え隠れするけれど、基本的に彼は爽やか王子だ。

ドキドキと胸を鳴らしながら、ティーリアは彼の腕に手を添えた。

「アーヴィン様。今日は、離れないでくださいね」

「わかっているよ」

にこやかな笑顔で答える彼を信じよう。ティーリアは微笑みを返して馬車に乗り込んだ。

ティーリアは豪奢《ごうしゃ》な王宮に入ると息を詰めた。国王への挨拶のために待っていると、宮廷楽団の軽やかな曲が聞こえてくる。

天井には天使が舞う様子が描かれたフレスコ画があり、重厚な柱が等間隔で並んでいる。

――ドキドキするなぁ……だって、アーヴィンのお父様だものね。

貴族院でも重要な位置にいる親王派のエヴァンス公爵の娘で、第二王子の婚約者。

今夜の一番の目玉でもあるティーリアは、直々に国王から言葉を賜《たまわ》ることになっていた。

いくらゲームのオープニングから逃げ出したくても、できなかった大きな理由だ。

胸に手を当てていると、隣に立つアーヴィンが顔を覗き込む。

「緊張してる？」

「それは……そうよ。だって、アーヴィン様の婚約者なのに『走り込み令嬢』って言われているのよ」

どこからかティーリアが運動好きなことを知った人達が、からかうように彼女のことを噂していた。

夜の舞踏会は初めてだけれど、昼間に開催されるお茶会には出席しているから、ティーリアの人となりはそれなりに知られている。

完璧なほどに美しく、男性の視線を集めるティーリアを見て嫉妬《しっと》した令嬢達が悪意を込めてつけたあだ名だ。

さすがに国王の耳にまで届いているとは思いたくない。けれど……

「君が綺麗すぎるからだよ。あぁ、もう閉じ込めておきたいな……」

「ひっ」

アーヴィンはティーリアの手を取ると、瞳に情欲を滾《たぎ》らせながら手袋の上にキスを落とす。

この頃、ちょっとだけヤンデレな言動をすることが増えてきた。

「だ、ダメよ……アーヴィン様。そんな、閉じ込めるなんて」

確か、ティーリアの結末の一つは監禁調教だったような……気がする。

地下のような薄暗いところに鎖で縛られ、ヤンデレ枠のアーヴィンに鞭を打たれ、それを喜んで涎を垂らしていた。絶対に薬か何かを使われていたに違いない。

とにかく彼の病み――いや、闇を育てないようにとティーリアは微笑んだ。

「私と結婚すれば、全てアーヴィン様のものですから安心してください」

「なっ」

今度は彼の方が言葉を失い、動きを止めた。何かを想像したのか、顔を手で覆っている。

「ティーリア……今度からは、もっとそこを隠すようなドレスを着てくれ。今夜だって本当は、君の肌を誰にも見せたくなかったけど、公爵が用意するというから俺が贈るのを遠慮したんだ」

はぁ、と目元をほんのりと赤くした彼が指さしたのはティーリアの豊かな胸元だった。

「え、これは……デビューだからって、お母様が選んで用意してくださったの」

「わかっている。だから、今日だけは許す」

彼の独占欲の籠《こ》もった言葉を聞くと、ぞくりとしてしまう。愛されていると思う前に、彼が闇に呑まれないことを願ってしまう。

そうしているうちに、ティーリアの名前が呼ばれた。

「ティーリア嬢、久しいな」

「陛下、ご機嫌麗《うるわ》しく」

「いや、そなたは王子妃となる者だ。堅苦しい挨拶は良いのだが……ようやく、成人を迎えることができたな」

「はい。アーヴィン殿下の婚約者として、この場に立てますこと、嬉しく思います」

ティーリアがカーテシーをして目を上げると、国王は満足そうに頷いた。

「おお、そなたには期待しておるぞ。あやつを正しく扱えるのはそなたしか」

国王が話を続けようとしたところで、アーヴィンが鋭く口を挟んだ。

「父上」

たった一言を放っただけで、国王は「う、うむ」とたじろいでしまう。

何を話そうとしてくれたのかな、と疑問に思うけれど、国王はコホンと咳払いをするとティーリアに向き合った。

「ところでティーリア嬢。そなたもようやく成人を迎えることができた。なればこのアーヴィンとの婚姻を進めようと思っておる。二人に異存はないな」

「はっ、はい」

「わかりました」

アーヴィンと結婚する。

いつかそうなりたいと思っていた現実が、目前に迫る。良かった、国王からの命令であれば、覆《くつがえ》ることは考えにくい。

やっぱりゲームのシナリオ通りにならないのだろう。ティーリアはほっとして胸を撫で下ろす。

「では父上、もう私の方であれを進めてもよろしいですね」

「う、うむ。……お前の好きにしなさい」

「はい、ありがとうございます」

国王に許可を貰った途端、アーヴィンは口角を上げて微笑んだ。何を進めたいのだろう……と不思議に思うけれど、退出する時間となる。

二人は揃ってお辞儀をすると、その場を後にした。

国王との謁見が終わり、ティーリアはアーヴィンに手を引かれホールに向かう。エスコートを受けながら、隣にいる彼を見上げる。

——本当に、彼と結婚するのよね……

涼やかな目元にスーッと伸びた鼻梁《びりょう》、引き締まった体躯に形の良い唇。横顔も整っており、見ているだけで吸い込まれるように美しい。

見かけだけでなく、アーヴィンは優しくて立派で頭が良くて、とにかくものすごくかっこいい。生まれた時から婚約者だけれど、彼には何度も恋をしてきた。ようやく念願叶って結婚が目前に迫っている。

——嬉しい。

と、思った瞬間。

ピンク色の髪を揺らし、オロオロと歩いている女性の姿が視界に入ってきた。

——え、あれは！

見間違えることはない、ゲームの中のヒロインだ。彼女は確か、デビュタントであるにもかかわらず色のついたドレスを着てしまい、悪役令嬢のティーリアに虐《いじ》められる。

シナリオ通り、彼女は薄い桃色のドレスを着ていた。まるで妖精のようないで立ちに、目が惹きつけられる。確かに、こんなに可愛ければ男性陣が放っておかないだろう。

——アーヴィン様は、大丈夫よね……

気になって再び隣にいる彼を見上げると、目を見開いて彼女を凝視《ぎょうし》している。

「ア、アーヴィン様？」

軽く腕を引っ張っても、びくともしない。足を止めるとピンク髪のヒロインを見つめ——

「君、どうかしたの？」

なんとティーリアの腕を払い、彼女に近づいていく。まるで、ピンチを救うヒーローのように、颯爽《さっそう》と歩み寄る彼の姿を、ヒロインは目に涙を溜めながら見上げていた。

——ダメ、私のアーヴィン様を盗らないで！

ティーリアは心の中で叫ぶけれど、声を出すことができない。

何か大きな力が作用しているのか、その場に張りつけられたように、声を出すことも動くこともできない。

目の前にいる二人の動きが、スローモーションのように流れていく。

アーヴィンはヒロインの手を取り、何かを話している。声は聞こえず、微笑み合う二人を見ていることしかできない。

——どうして？

ドッ、ドッ、ドッ、ドッと鼓動だけが耳の奥に響く。

アーヴィンが彼女と話すのを止めたいのに、何もできない。すぐに打ち解け合った二人を前にして、ティーリアは硬直していた。

「ティーリア、彼女はどうやら庭園に耳飾りを落としてしまったようだから、探してくるよ。どうやら母親の形見で大切なものらしい。俺の探索魔法を使えばすぐに見つかると思うから、悪いけど先にホールに行ってくれるかい？」

アーヴィンが眉根を寄せながら話しかけてくると、ようやく魔法が解けたのか身体を動かすことができた。

「庭園に、行くの？」

「ああ、ほんの少しのことだよ。ホールで待っていてくれる？」

「……いや」

ティーリアは首を小さく左右に振った。彼の服の裾を持って、行かないでとギュッと握る。

けれどアーヴィンは困ったような顔をしてティーリアに言い聞かせた。

「すぐに戻るから。困っている人を助けるだけだ」

「でも……今日はずっと一緒にいてくれるって」

彼を行かせたら、庭園の中にある噴水の前に立ってしまうかもしれない。

そうすると、ヒロインはアーヴィンを攻略対象として定めたことになる。さっきも動けなかったのは、ゲームの強制力が働いたのかもしれない。

――行かないで。ヒロインに選ばれないで！

けれど、普段と違いアーヴィンは硬い声を出してティーリアの目を覗き込んだ。

「ティーリア。言うことを聞くんだ。君は庭園に降りてこないで、ホールにいる。わかったね」

低い声を聞いた途端、うん、としか思えなくなる。

目の色の光を失ったティーリアは、まるで人形のように立ち、アーヴィンとヒロインが庭園に向かって歩いていくのを見ていた。

思考が止まり、言われた通りにホールへ向かい歩いていく。賑やかな声が聞こえてくるが、ティーリアは何も見ていないように歩いていた。

そしてホールの扉を開けて中に入った途端、ぱっと意識が戻る。

――え、私。今何をしていたの？

ティーリアが周囲を見回すと、歓談している人達や、ホールで踊る人達がいる。

けれど、アーヴィンの姿はどこにもない。どうして彼から離れ、ホールにまで来てしまったのだろう。

自分の意思が働いていなかった。

今はその状態からは抜け出している。動ける今、確かめたいことは一つだった。

――噴水の前に行かなきゃ！

どうあっても彼を選ばせたくない。ずっと一緒にいれば大丈夫と信じていたのに、まさか変な力が働くとは思ってもいなかった。

ティーリアはスカートの端を持ち上げると、急いで向きを変えて、入ってきた扉から出ようとする。

その時――

「ティーリア嬢、慌てておられるようだが、どうされたのかな？」

「あっ」

前に立ち塞がるようにして、男性が行く手を阻《はば》んだ。

顔を上げると、そこにはワイングラスを片手に持った王弟殿下、デューク・ケインズワースがいる。

薄茶色のカールした髪に紅茶色をした瞳。シンプルでありながら高級感の漂《ただよ》う銀色のジュストコールを羽織り、高貴な赤色のクラバットを首元に結んでいた。

国王とは年の離れた弟の彼は、未だに独身を謳歌《おうか》している。いわゆる『イケオジ』枠の攻略対象だ。

――すごい、かっこいい。

急いでいるにもかかわらず、つい見とれてしまう。

攻略対象の引きのせいか、ティーリアは目が離せなくなった。

「すみません……私、行かなくちゃ」

眉根を寄せて見上げると、彼は大人の余裕たっぷりの笑顔を向けた。

「こんな夜に急いでいると、人生は儚《はかな》く駆け抜けてしまうよ。ああ、人を探しているのかい？」

「え、ええ」

「ここで会ったのも何かの縁だ、私も一緒に探そう」

デュークは近寄るとすぐに、自然な仕草でティーリアの腰に手を回そうとした。だが――

「いっ」

バチバチッと静電気のような音がした途端、デュークは手を離して上下に振る。静電気がよほど痛かったのか、彼は顔をしかめていた。

「どうされましたか？」

「は、はは。そうか、君はアーヴィンの婚約者だったね。……あぁ、だからなのか。いや、邪魔したね」

「……？」

デュークはそう言った途端、ぱっと身体の向きを変えるとティーリアから離れていく。

――これって、指輪の魔力よね。助かった……

とにかく攻略対象には会いたくない。ティーリアはスカートの裾を持ち上げ、それとはわからないように駆け出した。

急いでバルコニーの横にある階段から庭園に出ていくと、薄暗い中でも方々に篝火《かがりび》が焚《た》かれている。

――アーヴィン様、どうか……！　噴水の前に行かないで！

普段よりも高いヒール靴のため上手く走ることができない。綺麗に刈り整えられた芝生を進むと、中央にある円形の噴水のところにたどり着く。

はぁ、はぁと荒くなった息を整え、顔を上げた先にはヒロインと思《おぼ》しきピンク髪の女性と――

ティーリアは息を呑んだ。

——どうして？

噴水の前にはアーヴィンがいて、ヒロインの手を取っている。二人は向かい合い、今にも抱きしめ合うかと思うほどの距離まで近づいていた。

「ア……アーヴィン様……」

ただ単に耳飾りを渡しているに過ぎないのかもしれない。けれどヒロインに寄り添うように、アーヴィンは手を腰に回していた。

声を出したくても、ひゅう、ひゅうと空気ばかりが喉を通り過ぎていく。ティーリアは自分の見た光景が信じられなかった。

——ヒロインが、アーヴィンルートを選ぶなんて！

先ほど会った攻略対象のデュークも、とてつもなく美麗な男性だ。どうして、彼のように婚約者のいない男性を選ばないのだろう。

ティーリアは涙を零《こぼ》してしまう。アーヴィンルートに入ったからには、彼のことを諦めないといけない。そうしなければ、破滅が待ち受けている。

なんといっても、彼から凌辱《りょうじょく》されて自分が淫乱になるなんて耐えられない。

——もう、どうしたらいいの？

二人の邪魔をしたいけれど、そうすると本物の悪役令嬢となってしまう。ゲームの強制力がかかりそうな場面は、できるだけ避けておきたい。

ティーリアはくるりと向きを変えると、足音を立てないようにして庭園を横切っていく。

人の気配のあるところにはいたくなかった。一人で泣くために、少し離れたところにあるガゼボを目指して歩いていく。

「はぁ……アーヴィンルートを選ぶなんて……これからどうしよう」

シナリオ通りにいかないと、どうやらゲームの強制力が働くらしい。

廊下でアーヴィンを引き留めることができず、ホールへ一人で戻った時の自分を思い出す。あの時は何も考えることができなかった。気がついた時には足がホールに自然と進んでいた。

「これから悪役令嬢になっちゃうのかなぁ」

はぁ、とため息をつきながら乙女ゲームの内容を思い出す。これから起こるイベントを回避していけば、なんとかなる……のだろうか。

――こうなると、逃げることも考えないといけない……のかなぁ。

準備はしているけれど、本当にその道を進むことになるのか。

アーヴィンはティーリアを捨てて、ヒロインを選ぶのだろうか。強制力が存在するところを見ると、本当にそうなってしまいそうで怖い。

ぼんやりと考えていたところで、ティーリアは誰かが後ろに立った気配がして振り向いた。

「ひぃっ！」

「あれ？　……この僕に気がついちゃった？」

真っ黒な服に黒い皮手袋。闇を纏《まと》う彼の髪の色も目の色も黒い。このビジュアルはどこかで見たことがある。

「あっ……ああっ、あなた！　闇の暗殺者《アサシン》のガイ！」

思わず指をさして彼の名前を叫んでしまう。攻略対象の一人だったからよく覚えていた。

闇に溶けるような容貌をした暗殺者。名前のガイもコードネームの闇のアサシンも、通常であればただの公爵令嬢が知ることはない。

しまったとばかりに両手で口を押さえるけれど、言ってしまったものは取り返せない。

「へぇ……僕の名前。知っているんだ」

面白そうににたりと笑ったガイは、腕を組みながら顔を上げてティーリアを見下ろした。

「こんなところで何をしているのかと思ったけど。君、面白そうだね。以前、僕に依頼したことがあった？」

ふるふると頭を左右に振る。

暗殺者に依頼するとはすなわち、誰かを殺してほしいと願うことだ。そんなことはしたことがない。

「ふーん……じゃ、なんで僕の名前知っているの？　この姿と真名《まな》を知っている人間って、限られているんだよね」

ひくっと口の端を歪《ゆが》めたティーリアは、どう答えたらいいのかわからず固まった。

まさか前世で知りました、なんて答えても信じてもらえるだろうか。

いや、待てよ。――彼ならいけるかもしれない。

「ぜ、前世の記憶があって、それで知っているの」

「前世？　え、君もしかして記憶持ちなの？　ほんとに？」

嘘は言っていないから、うんうんと首を縦に振る。

確かガイは暗殺業を生業《なりわい》としているにもかかわらず、スピリチュアル系の話題が好きなキャラだった。だから前世の記憶と言えば、興味をそそられるに違いない。

「どんな記憶なの、良かったら今度教えてよ。君、どっかの令嬢だよね」

「エヴァンス公爵の娘の、ティーリアです」

「わぁお！　凄いところの令嬢じゃないか。でも君、第二王子の婚約者だよね」

「え、ええ」

返事をするとガイは一気に顔を歪《ゆが》めた。「あいつかぁ……」と何かを思案している。

「ま、いいや。誰か来るから、僕はそろそろお暇《いとま》するよ。あ、僕のこと誰にも話しちゃダメだよ。特に君の婚約者にはね。あんなに恐ろしい奴はいないから」

「え、アーヴィン様が恐ろしい？」

「あー、君は知らなくていいことだよ。じゃあね！」

ガイは瞬《まばた》きをする間に姿を消してしまった。

誰にも話すつもりなどないけれど、アーヴィンが怖いとはどういうことだろう。彼はあんなにも爽やかで脳筋な人なのに。

「なんだろう……この違和感」

何かを隠されているような気がして、ティーリアは不安を覚える。ガイの消えた方角を見ていると、彼の言った通り誰かがガゼボに近づいてきた。

「どなたかおられますか？」

「は、はい」

声をかけられた方向を見ると、青い髪が月明かりに照らされ、まるで青銀の色を纏う狼のような騎士が立っていた。

背も高く、服の上からでも筋肉が盛り上がっているのがわかる。

凛々《りり》しい眉に厚ぼったい唇をした彼は、攻略対象の一人、ジェフ・コルトハードに違いない。

彼は月明かりに照らされたティーリアを見ると、雷に打たれたかのように目を見開いて動きを止めた。

「あなたは……月夜に舞い降りた女神様でしょうか」

「は？　え？　あの……どうかしたのですか？」

ジェフは初恋に惑う少年のように頬を染めると、ティーリアに歩み寄る。

息がかかりそうになったところで、ハッと正気を取り戻したのか咳払いをした。

「す、すまない……俺は一体何を口走ったのだ」

「騎士様？」

ジェフは周囲を見回した。ガゼボにはティーリアしかいないことを確認すると、声を落として話しかける。

「驚かせてしまい申し訳ない。ここで怪しい者を見たという情報があったのですが、レディに何か心当たりはありませんか」

「い、いえ……」

ジェフはきっと、ガイを追ってきたのだろう。ゲームにはそんな記述はなかったけれど、騎士と暗殺者であれば追う者と追われる者だ。

けれど逆ハールートでは一緒になってヒロインにエッチなことをするのだから、シナリオって恐ろしい。

一瞬、その時のスチル画を思い出してしまったティーリアは、顔をぱぱっと赤く染めた。

実際に目の前にいる生真面目そうな彼が、額に汗をかきながらヒロインを相手にあんなことや、こんなことをするかと思うと、恥ずかしくて仕方がない。

もちろん、悪役令嬢のティーリアも彼らを誘惑するために、しなを作り言葉巧みに迫っていた。

——あっ、あんなこと絶対にできないっ……！

ティーリアは両手で頬を押さえ、妄想を振り払うように頭を左右に振る。

今、自分の頭の中を覗かれたら絶対に死ぬ。妄想であっても恥ずかしすぎて、耳まで赤くした。

「レディ……？」

「あ、え、あの、ごめんなさい！　私、何も見ていませんっ」

ガイのことを、ティーリアは何も伝えなかった。

だが、もし詳しく問い詰められたら、彼の名前とかいろいろと話してしまうだろう。嘘は得意ではないから、前世のことや乙女ゲームの話をしてしまいかねない。

そうすると、きっとおかしな令嬢だと思われ、それこそ無事ではいられなくなる。

どうしよう、と思ったところでサーっと吹いてきた風に乗って、舞踏会の音楽が流れてきた。

まだファーストダンスもしていないことを思い出したティーリアは、とにかく戻ろうとして身体の向きを変えた。

「すみません、あの、待っている人がいるので失礼します」

「あ、ちょっと、君！」

ジェフから呼び止められるけれど、ティーリアはスカートの端を持ち足を踏み出していく。

鍛え抜かれた足はたとえヒールの靴であっても、逃げ足は速かった。

ホールに戻った途端、ティーリアはお茶会で仲良くなった令嬢達に囲まれる。

皆、一足先にデビューを終えているため、色のついたドレスで可愛らしく着飾っていた。

「ティーリア様、お待ちしていましたのよ」

「今夜の装《よそお》いは、とてもお美しいですわね」

ああ、そうだった。ゲームの中で彼女達は、悪役令嬢ティーリアの後ろに控える腰ぎんちゃく達だ。

ティーリアの命令ならなんでも頷く手下のような存在。けれど、今は普通にお付き合いしている友人だから、大切にしている。

「ありがとう、あなたもとっても美しいわ」

「まぁ、ティーリア様に褒められるなんて」

こんな女子トークも大好きだ。できればこうして過ごしていたいけれど、まだ婚約者のいない令嬢もいる。

誰かいい人が見つけてくれるといいけれど……と思って周囲を見回すと、赤銅色の髪が目に留まった。

「まぁ、今夜はキングスコート卿がいらっしゃるわよ」

「珍しいですわね」

「本当に……でも、卿はどなたかを探しているみたいね」

赤銅色の髪の彼――ダリル・キングスコートと言えば、若くして侯爵位を継ぎ、有能な宰相補佐官として王宮で働いている。

整った顔立ちに優秀な頭脳。問題が起きると情報を集めて分析し、改善点を見つけ解決する。彼のマネジメント能力はずば抜けていることで有名だ。

けれど寡黙な性格で、舞踏会などに顔を出すことはないと聞いている。

それなのに今夜の彼は赤銅色の髪を後ろにしっかりと撫でつけ、白地に金色の糸で刺繍された豪《ごう》奢《しゃ》な夜会服を着ていた。

さらに顔にかけられたメガネが知的な雰囲気を醸《かも》し出している。

――やっぱり攻略対象は、とんでもなくかっこいいわね……

イケオジ王弟殿下のデュークにガチムチ騎士のジェフ。スピリチュアル系暗殺者のガイ、そして知的メガネのキングスコート卿……でも、やっぱりヤンデレ王子枠のアーヴィンが一番素敵だ。今はヤンデレじゃないけど。

今夜はゲームのオープニングに相応《ふさわ》しく攻略対象が勢ぞろいしている。

ヒロインはもう全員と出会っているのだろうか。その上で、アーヴィンを選んだのだろうか。

心配になるが、彼とはこれまで一緒に身体を鍛えてきた。ヤンデレにならないために、一緒に走ってきた仲間でもある。

——ゲームの強制力が怖いけれど……でも、やっぱりアーヴィン様だけは譲りたくない。

そんなことを考えていると、どこか必死な顔をしたダリルがティーリアに近づいてくる。

「ティーリア嬢、今宵は月の精が舞い降りてきたように美しいですね。どうか、この私と一曲だけでも踊っていただけませんか？」

「えっ」

彼はマナー通りに腰を少し折り曲げながら手を差し出した。それを見た周囲の女性陣が、黄色い悲鳴を上げている。

——どうしよう、まだアーヴィン様とファーストダンスをしていないのに……

デビューした令嬢の初めてのダンスの相手は特別だ。

通常は婚約者か、いない者は親族や懇意《こんい》にしている男性と踊ることが多い。

庭園を走って遅れたため、既にホールでは何組もの人達が踊っている。ティーリアがまだファーストダンスを終えてないとは、知らないのかもしれない。

「以前から、王宮で見かける度《たび》にこの胸をときめかせておりました。あなたと踊るために、今夜はまいりました。ほんの一時でも、あなたの下僕《しもべ》に夢を見させてください」

「私を知っていたの？」

「はい。ご婚約者様であられるアーヴィン殿下にお会いするために、王宮へ来ておられるのを遠くから拝見しておりました」

「まぁ、そうなの」

頬を染めてうっとりと見つめるダリルの黒い瞳。誰しもが憧れる存在から求められると、悪い気はしない。

でも、確かゲームのシナリオでは知的メガネの彼は裏ではいろいろな策略を巡らせていた。悪役令嬢ティーリアと踊るところをヒロインに見せつけ、彼女を嫉妬《しっと》させる。有頂天になったティーリアはキングスコート卿の気を引くために媚薬を使って……

――あ、いけない。またゲームのことばっかり考えていた。

ティーリアが手を差し伸べるのを、今か今かと待っている。そんな彼の真摯《しんし》な瞳を見つめると、暗いことを謀《はか》っているとはとても思えない。

――それにアーヴィンと婚約していることを知っているのであれば大丈夫かな。

と思ったけれど……

「お前は誰の許しを得て彼女と踊ろうとしている」

ダリルの後ろに、昏《くら》い目をしたアーヴィンが不機嫌さを丸出しにして立っていた。

腕を組み、見下ろすように睨みつけている。

「これは、アーヴィン殿下。ティーリア嬢の傍にいらっしゃらなかったので、私めがお相手させていただこうかと」

「――必要ない」

アーヴィンの威嚇《いかく》にも怯《ひる》むことなく、丁寧にお辞儀をしたダリルは「そうでしたか、では」と短く返事をして去っていく。

後ろ姿も颯爽《さっそう》としている。

さすが攻略対象だなぁと感心していると、アーヴィンの低い声が耳元に落ちてきた。

「ティーリア、何を考えているんだ？」

「アーヴィン様、何って……ファーストダンスの相手をしてくださる方を、お待ちしていました」

周囲にいた令嬢達は気を利かしたのか、いつの間にか離れていた。アーヴィンは普段通り、微笑みながらティーリアを見つめている。

――良かった、いつものアーヴィン様みたい。

噴水の前にいた二人の雰囲気からすると、既に恋人同士になっていたように見えたけど、違うのだろうか。

確か、本来のシナリオなら嫉妬《しっと》に駆られたティーリアが、身体を使ってでも引き留めようとしてアーヴィンに縋《すが》る場面だ。

けれどヤンデレな彼に組み敷かれ返り討ちにあう。アーヴィンは一晩中ティーリアを凌辱《りょうじょく》して啼《な》かせ、彼女を捨てる、というのがゲームの流れだ。

――けど、この調子ならシナリオ通りにはならないみたいね……

ホッとしたのもつかの間、アーヴィンは目を蕩《とろ》けさせると、ティーリアの前に手を差し出した。

「待たせて悪かったね。俺のティーリア。どうかファーストダンスを一緒に踊る栄誉を授けてくれないか？」

——良かった、アーヴィン様と踊れるんだ……！

ティーリアは顔をほころばせて、にっこりと微笑みを返す。「よろこんで」と返事をして彼の手を取ると、腰に手を回されてホールの中央を目指して歩いていく。

「ティーリア、俺の目を見て踊るんだよ」

「はい」

「よそ見をしては、いけないよ」

「も、もちろんよ」

彼の片方の肩にかかる紅く短いマントが、踊る度《たび》にふわりと揺れる。

音楽に合わせて踊り出すと、ティーリアはアーヴィンから目が離せなくなった。

「アーヴィン様、ダンスが上手になられましたね」

「君にしごかれたからね」

幼い頃からダンスの練習相手だったから、お互いに呼吸が合っている。次にどんなステップを求められても、視線を交わすだけで理解できる。

くるり、と回ったティーリアが体勢を元に戻すと、アーヴィンはこれまでになく身体を密着させるように引き寄せた。

胸の谷間が、彼の軍服に当たっている。こんなにも近づく必要はないはずなのに……

「アーヴィン様？」

下から見上げるようにして見つめると、アーヴィンは瞳の奥に情欲を滾《たぎ》らせていた。

「はぁ……早く孕ませたいな」

――え？　今、なんて言ったの？

動揺したティーリアは、ステップを間違えよろけてしまう。そんな彼女をアーヴィンはしっかりと抱きしめていた。

――アーヴィン様が今、孕ませるとかって言ったよね。孕ませるって、やっぱり孕ませるってことだよね？

聞き間違いだと思いたいけれど、彼は「はぁ」と甘い息を吐いている。

蕩《とろ》ける視線を向けている彼の手つきが、だんだんと怪しくなってくる。腰に当てられた手が、丸い臀部《でんぶ》を触っているように感じる。

「ア、アーヴィン様、ちょっと疲れちゃったかも」

長距離でも走れる体力のあるティーリアが、ほんの少し踊っただけで疲れることなどあり得ない。それを知っているはずなのに、アーヴィンは「それは大変だね」と言ってティーリアの手を引くと踊りの輪から抜け出した。

長身のアーヴィンはティーリアを連れてホールを出ていこうとする。

「あの、どこに行くの？」

「ん？　俺の部屋で休んだらいいよ」

「アーヴィン様の、お部屋？」

「ああ。あそこなら風呂もあるし、事後に侍女も呼べるからなんの問題もないよ」

――事後？　事後って！　ちょっと待って！　問題ばかりじゃない！

シナリオとは違うけれど、アーヴィンの様子だとこのまま部屋に連れていかれ、犯されてしまうのだろうか。

休みたいと言ったが、本当に単に休みたかっただけで『二人で休憩』なんて意味ではない。

いつかは結婚するのだから、彼に抱かれることを覚悟している。

しかし、それが今夜だなんて思っていない。貴族の常識からも、かなり逸脱している。

「ア、アーヴィン様、やっぱり未婚の男女が二人でお部屋で休むのはいかがなものかと……。あの、もう大丈夫かなぁと思うのですが……」

「どうした？　ティーリア、遠慮はいらないよ。ようやく父上からの許可もいただけたからね」

確かに彼は、国王から結婚を指示され、何事かの許可を貰っていた。結婚のことばかりに意識が向いていたけれど、あれってなんのことだったのだろう。

――アーヴィン様は陛下に向かって『あれ』って言っていたけど、もしかすると『あれ』って『アレ《子作り》』ってこと？

ダンスの途中でも呟いていたではないか。

ティーリアを孕ませたいということは、子作りしたいということだ。

トクトクと鼓動が高鳴る。普段の優しい彼からは想像もできないほど、がっしりと手を握られている。これではもう、逃げられない――

すると廊下を歩いていく二人の前を、ピンク色の髪が横切った。

ヒロインのシャナティ・メティルバ男爵令嬢だ。

「殿下！　どうして！」

「……君か。どうして、とは？」

綺麗に整えてあった髪を振り乱し、シャナティは前を塞ぐように立っている。

スカートの両端を手で持ち、急いで走ってきたのか荒い息をして、目も血走っていた。

アーヴィンは優しい顔をして返事をしているが、目が笑っていない。これは確実に不機嫌になっている。長い付き合いのティーリアだからこそわかる表情だ。

「だって、殿下は私と一緒に噴水の前に立ってくれたではありませんか！」

「ああ、君の耳飾りを探し出して、渡したよね。落ちていたのは噴水の前だったから、そこに行っただけだ」

「そんなっ！　殿下の想い人は彼女じゃなくて、私です！」

彼女が憤慨《ふんがい》する姿を見て、ティーリアは身体をぶるりと震わせる。

ヒロインがその気になれば、ゲームの強制力が発動するに違いない。そうすると、アーヴィンを盗られてしまう。

ティーリアは彼の手をぎゅっと握りしめた。この手を離したくない。アーヴィンと一緒にいるためなら、なんだってするから傍にいてほしい。

すると隣に立っている彼は、落ち着くようにとティーリアの頭を優しく撫でた。

そして顔をシャナティの方へ向け、これまで聞いたこともないような、冷たく硬い声で語りかける。

「君……何を言っているのか、わからないな。俺はティーリアと結婚するよ？」

「う、嘘よ」

ヒロインは目に涙を溜めていた。そんな顔を見せられると、ティーリアも許してしまいたくなる。

けれど、アーヴィンは瞳をすうっと細めると、おもむろに手を差し伸べた。

アーヴィンの指先から燐光が真っすぐに伸びていき——シャナティの周りをぐるりと取り囲むとパチンと消える。

途端、彼女はピタリと口を閉じてしまう。

そして何事もなかったかのように向きを変えると、来た道を戻っていった。

「え……これって？」

ヒロインの表情も態度も、ほんの少し前にティーリアが体験した『ゲームの強制力』と似ている。

もしかすると、この場でヒロインが登場するのはシナリオ外のことだから、修正が入ったのだろうか。

それでも、彼女の必死な顔が忘れられない。アーヴィンと結ばれるのは自分だと自信を持って叫んでいた。

——そんなの、いや……

アーヴィンと結ばれるのはティーリアだ。その未来をずっと夢見ていた。

前世の知識のあるティーリアからすると、身体を重ねることは決して悪ではない。

この国には避妊薬もしっかりあるので、事後に飲めばいいだろう。

今、彼の誘いを断ってしまったら、それこそヒロインに盗られてしまうのではないか。

——アーヴィン様は、私のものだから！

ティーリアは彼の腕を引き寄せると、ぎゅっと身体を押しつける。

言葉には出さないけれど、ティーリアの気持ちを伝えるには十分だろう。

「ティーリア……」

アーヴィンも気持ちを汲《く》み取ってくれたのか、剣だこのある硬く骨ばった手で柔らかい頬を撫でる。

「ここからは、引き返せないよ？」

「……うん」

怖いけれど、今のアーヴィンなら酷いことはしないだろう。もしかすると、ヒロインは先ほどのアーヴィンの怒った顔を見て、彼を諦めるかもしれない。

ティーリアは覚悟を決めると、こくんと小さく頷いた。

廊下を進むと、回廊に点在する魔力灯が淡い光を放っている。今夜は天空に満月が輝いていた。

二人とも何も話すことなく歩いていると、前方から白い礼服を着たジュストーが足音もなく近寄ってきた。

「……兄上」

「アーヴィンか。まだ宴の途中ではないのか？」

長く真っすぐな銀髪が月光を浴びて輝いている。まるでエルフのように人外めいた美しさを放ちながら、目を冷たくすがめアーヴィンを見た。

「私はこれから、ティーリアと過ごしますので」

アーヴィンはティーリアの腰に回した腕をぐっと引き寄せると、ジュストーの横を通り過ぎる。

「……そうか、やっと成人したのか。まぁ、せいぜい楽しむんだな」

蔑《さげす》みの目でアーヴィンを見ている。兄弟の仲が良くないのは知っているが、何か恨んでいるかのようだ。

「行こう、ティーリア」

アーヴィンはジュストーの挑発とも取れる言葉に反応しない。彼に腰を掴まれ、足を止めることもできない。ティーリアは返事をしなくていいのかと戸惑いつつも、アーヴィンに引かれるまま進んでいく。

「ね、王太子殿下にあんな態度で大丈夫なの？」

「君が気にすることじゃない」

小声で話しかけるけれど、アーヴィンは構わないとばかりに進んでいく。

二人の後ろ姿をジュストーが睨みつけていることを、ティーリアが知ることはなかった。

アーヴィンは王宮の奥にある自室へティーリアを連れていった。月明かりに照らされた回廊には、警備兵が立っている。

「俺がいいと言うまで、近寄る必要はない」

扉の前に立つ兵に声をかけると、彼は「はっ」と敬礼をして去っていく。トクトクと高鳴る鼓動を感じながら、ティーリアはギイッと扉が開かれる音を聞いた。

「中に入って」

王宮にある彼の私室に来るのは初めてだった。

普段は王宮の入り口に近い応接室で会っている。部屋の中は思っていたよりも広く、シックな色合いの床に重厚な家具が置かれていた。

壁一面は本棚となっていて、ティーリアでは理解できない魔術系の本が詰まっている。

「凄い……こんなにも、本がいっぱい」

「この部屋に入るのは初めてだったね」

「ちょっと、見てもいい？」

「……ティーリア。本は今度にして、今夜は俺だけを見てほしいな」

え、と言葉を出す前に唇を塞がれる。角度を変えながら口づけられ、身体を引き寄せられて抱きしめられる。

「やっと……君を抱くことが許された。もう、待てないよ」

「あっ……ああっ」

初めから荒々しく口づけられる。薄く目を開くと、アーヴィンはうっとりと嬉しそうな顔で唇を食《は》んでいた。

「ああ……ティーリア……やっと、俺のものだ」

一旦唇を離した彼は、ティーリアの肩口に頭を置いた。後頭部と腰に手を回されているから、動くことはできない。

「……アーヴィン？　どうしたの？」

「感動しすぎて、動けない」

「そんなこと言って」

まだ結婚式を挙げたわけでもないのに、そこまで感動するものだろうか。

確かに結婚前の女性の、それも高位貴族の令嬢の純潔を奪う行為は、本来ならば大問題となるものだ。

男性の場合は問題にすらならないのに、そこは前世との倫理観の違いを実感する。

果たしてアーヴィンが童貞なのか知らないけれど、これまで散々触れてきた技巧からして、初めてというわけではないだろう。

誰を相手にしたのか気になるけれど、あまり考えると嫉妬《しっと》でおかしくなりそうになる。

きっと娼館かどこかで体験したのだと思いたい。ずっとティーリアが身近にいたのだから、他の女性と恋愛関係にあったとは想像しにくい。

ティーリアが腕を伸ばして彼の髪を梳《す》くように撫でると、アーヴィンはほう、と息を吐きながら声を出した。

「ティーリアの初めてを貰うし……俺の初めてを君に捧げるんだ。感動しないではいられないよ」

「え」

聞き間違いでなければ、今、彼は初めてだと言った。

こんなにもかっこいいのに、今まで女性経験がないのだろうか。

「うそ」

「何が？」

「アーヴィンが初めて？　それって、童貞ってこと？」

「そうだよ。ティーリア以外と身体を繋げるなんてこと、できるわけないじゃないか」

「う、うん……そうだよね」

それはそれで嬉しいのに、どこかスッキリとしない。

これまでの触れ方があまりにも気持ち良すぎたから、経験がないとは信じられなかった。

「俺のこと、そんな風に思っていた？」

「そうじゃなくて、だって、いつもキスもその先も上手だったから……凄く、気持ち良かったし」

正直に答えると彼はふっと鼻を鳴らし、嬉しそうに口角を上げる。

「勉強したからね。いろいろと」

「……いろいろと」

「実践はしていないよ」

「う、うん」

「だから悪いけど、ドレスの脱がせ方もわからないんだ」

耳元で囁いた彼はティーリアの背中に手を当てると、まるで指が鋭利な刃物になったように、躊《ちゅう》躇《ちょ》なく布地を切り裂いた。彼の魔術なのだろう。

「え、切れた？」

「ああ、代わりのドレスはこれからいくらでも贈るから。もう、俺の選んだ服以外は、着ないでほしい」

「そんなこと」

無理と言う前に全ての布地が取り払われる。魔術のおかげか、ティーリアの柔肌は傷ついていない。なのにドレスの下に着ていたコルセットもパニエも全て、ストンと下に落ちていた。

「え、あっ」

胸のふくらみも露《あら》わになり、腕で隠したところで膝裏に手を伸ばしたアーヴィンに横抱きにされる。そのまま長い足を動かす彼に、すぐに広い寝台の上に寝かされた。

「あ、あの！」

「もう待てないって、言ったよね」

騎士服のマントを外し、首元にある金具を外す。

じれったそうにボタンを外しながら、はぁ、と甘い息を吐いて髪をかき上げ、色っぽい流し目でこちらを見下ろしている。

——もう！　死んじゃう！

いや、死んではいけないけど、尊すぎてどうしたらいいのかわからない。

アーヴィンは自分の服を脱ぐと邪魔だとばかりに放り投げる。

いや、それ大切な式典用の騎士服だよね？　と思っても、今の彼には関係ないようだ。

下着一枚になった彼は、膝立ちになると寝台の上を移動してくる。

引き締まった筋肉が浮かび上がっていた。ここまで裸になった彼を見るのは初めてだった。大人になった自分の裸を見られるのも初めてだけど。

「ティーリア、緊張してる？」

「も、もちろん」

知識はあっても実際に見ると衝撃が大きい。テントを張るって言うけれど、本当に股間が盛り上がっている。

――あ、あんなにも大きくなるんだ……

頬を赤らめつつ、それでも好奇心に逆らうことができずティーリアは昂《たかぶ》りに手を伸ばした。

「凄い……本当に硬い」

下着の上から竿にそっと触れて上下にすると、形が浮き上がってきた。

「だったら、脱がせて」

「え」

アーヴィンはティーリアの手を取ると、下着の両端に手を添えさせる。

このまま下ろせば、すぐにでも脱げてしまうだろう。さっきから心臓がトクトクと早鐘を打っている。

ティーリアは覚悟を決めるように、目の前に膝立ちしている彼の下着をえいっと下ろす。

勢いのついた昂《たかぶ》りがぶるんと震えて現れた。

「きゃっ」

恥ずかしさが先に立ち、思わず目を閉じてしまう。

その間に全てを脱いだアーヴィンが、ティーリアの手を取ると自身の昂《たかぶ》りに触れさせた。

「これを……君の中に挿《い》れるよ。大丈夫、俺の一部だから」

「う、うん」

そっと目を開けると、赤黒い竿が天をつくように勃《た》っている。先端は傘のような形をして、ぬらりと濡れていた。

竿の下には二つの袋がついていて、茂みがそれを覆っている。

「こ、こんなに大きいの？」

「まだ大きくなると思うよ。でも、それは君の中で」

「そんな……裂けちゃう」

本当にこんなにも大きくて太いものが自分のあそこに入るのだろうか。

でも、膣《ちつ》からは赤ちゃんも出てくるのだから、受け入れられないはずがない。

初めての時は痛いと聞くけれど、それは愛の痛みだから嬉しい痛みだとも聞いている。

「ティーリア、優しくする」

言葉通り、アーヴィンは柔らかく肌を重ねるように上にのしかかった。

素肌と素肌が触れ合って、隙間なくくっついている。彼の熱が移り、ティーリアはそれだけで幸せに包まれた。

「アーヴィン、嬉しい。これで……もう、離れないのよね」

「ああ」

令嬢の純潔を奪うことは、結婚を意味するに等しい。

アーヴィンは責任を持ってティーリアを娶《めと》らなければいけなくなる。それでもシナリオでは捨てられるから、油断はできない。

けれど、今は無理やりでもなんでもない。アーヴィンは驚くほど優しく包み込むようにティーリアを抱きしめていた。

ちゅっ、くちゅっといやらしく水音を立てながら舌を絡める。

寝転んでも垂れない乳房を、アーヴィンは骨ばった大きな手で揉みしだきながらティーリアの口内をまさぐっている。

だんだんと息を荒らげつつ、互いの舌を吸い、唾液を交換した。

「あっ……あ、んっ、……ぁっ……」

さっきから股の間に彼の昂《たかぶ》りがあてがわれ、秘裂の入り口を擦られる。触れているところが、ぬめっていた。

アーヴィンが唇を離すと、唾液の細い糸が引いていく。

彼は長いまつ毛を上に向け、頭の両横に手をつくと劣情を瞳に宿してティーリアを見つめる。

高く隆起した喉ぼとけに、幅広の肩が男らしい。

腰は絶え間なく上下に揺れ、敏感なところを擦り合わせている。その刺激だけで下腹部がじゅくじゅくと疼《うず》いてきた。

「あ、もう……アーヴィン、なんか、変になっちゃう」

「そう？」

彼の剛直であわいを擦られ、その刺激で蜜がとろとろと流れ出る。これまで感じたことのない疼《うず》きに、思わず腰を揺らしてしまう。

「はぁ……ティーリア……っ……好きだよ」

肩口に顔を下ろし、耳元で熱く囁く。続けて耳たぶを口で挟みながら、手を伸ばして茂みに触れた。

そして隠れている花弁を開き、中でぷっくりと膨らんでいる蕾を撫でた瞬間。

「はあっ！」

ずくん、と弾けるような快感が背中から脳にかけて駆け上《のぼ》る。

思わず背を反らしたティーリアを抱きしめ、アーヴィンは突き出された胸の先端に食らいついた。

「あんっ、ア、アーヴィンッ……っ、そこ、だめぇ」

「だめじゃないだろ、感じた時は、いい、って言うんだ」

胸の先端にむしゃぶりつきながら、アーヴィンは蕾を指で挟むとゆっくりとしごき始めた。

甘やかな刺激がだんだんと激しくなり、せり上がるような快感の波に再び襲われる。

「ああっ、も、もうっ……いいっ……」

背を反らして顎を上げながら、絶頂に身体を震わせる。「あ、あ、あ」と短く喘《あえ》いでいると、いつの間にか蜜口に添えた太い指が差し込まれていた。

「どう？　……ここ、感じる？」

「ひぅっ」

花芽の裏側のざらりとした部分を指で押され、優しくまさぐられる。

ティーリアはまた短く喘《あえ》いだ。

――凄い、気持ちいいっ……

過ぎる快感から出る涙で瞳を潤ませて彼を見上げると、アーヴィンは嬉しそうに口角を上げた。

「アーヴィン、も、気持ちいい、の？」

「ティーリアが気持ちいいって顔を見ると、俺も嬉しい。……もっと、見てみたい」

すると顔を下げた彼は、ティーリアの膝裏を持って大胆に開かせる。そして茂みをかき分けると、舌で蕾を撫でるように舐め始めた。

「あ、そんなところ、汚いのにっ」

「君は全部綺麗だ」

じゅるじゅると音を立てつつ蜜を吸い、指を二本に増やして抜き差しを繰り返す。

じゅぶ、じゅぶと後から後から蜜が滴《したた》り、指と絡む音が絶えない。

断続的な快感がティーリアに襲いかかると、震えが止まらなくなる。

そしてアーヴィンは蕾を口に含むと、丁寧にしゃぶりつくし、最後にじゅっと吸い上げた。

「はぁああっ、ああ——っ！」

ひと際大きいうねりが身体を突き抜け、甘く強い刺激に脳が溶けていく。

——もう、これ以上何も考えられない。

そう思ったところで、アーヴィンは身体を起こすとギンギンに勃起《ぼっき》した男根をあてがった。

目が、飢えた獣のように光っている。

「そろそろ、俺も限界なんだ。ティーリア、挿入《い》れるよ」

「え、あっ！」

つるん、と蜜口は彼の熱を簡単に咥え込んだ。渇望していた何かを与えられ、ホッと息を吐いた瞬間、どんっという衝撃と共に肉槍が突き立てられる。

「ひうっ」

ティーリアの息が止まった。

一気に挿入された熱が、じくじくと膣壁《ちつへき》を押し分けて身体の中心に突き刺さっている。

痛みと共に重量感のある巨根が埋め込まれ、ティーリアはしばらく呼吸ができないほどだった。

「はっ、はぁっ」

息を吸った途端、痛みがスーッと消えていく。代わりに欠乏していた何かが埋まり、じわりと快感に変わっていく。

まるで、男を受け入れるために生まれてきたように、身体が喜んでいた。

――え、これって……！　ゲームの補正効果？

初めてなのに、あり得ないくらいの快感に包まれている。

滴《したた》る蜜はアーヴィンの巨根を滑らせ、襞《ひだ》の多い膣壁《ちつへき》はほど良く絡みついている。

何よりも最深部に挿入しただけで、アーヴィンは恍惚《こうこつ》とした表情をして「うっ」と何かを耐えていた。

「アーヴィン、あなたも痛かったの？」

「っ、くっ……違う、……悦《よ》すぎるだけだっ……うぁっ」

彼は割れた腹筋に力を込めて、射精感を堪《こら》えている。まだ挿入しただけで、擦ってもいない。この状態で射精《だ》してなるものかと、額に玉のような汗を浮かべて耐えていた。

「あの……気持ちいいから、いつでも……動いていいよ」

「ふっ……くっ、くそっ！」

アーヴィンはなぜか急に眉間にしわを寄せると、怖い顔つきになってティーリアの腰をがしりと掴む。そして激しく腰を前後に動かし始めた。

突然始まった激しい抽送に、身体が揺さぶられる。

アーヴィンの腰の動きと共に、ティーリアの豊かな乳房がぶるんぶるんと揺れていた。

彼は持っている筋肉の全てを使って腰を振っている。肉体の隅々に張り巡らされた血管が脈動し、汗が張りつめた皮膚をてらてらと照らす。

ふっ、ふーっと荒い息をした彼は、我を忘れただ欲望に忠実な野獣になっていた。

ティーリアは彼の劣情を受け止めることしかできない。浅い息のままひたすら揺さぶられ、初めて触れる巨根に驚かされながらも、奥を擦られる度《たび》に痺《しび》れるような快感が身体を巡る。

——あっ、これ、凄いっ……気持ち、いいっ……！

嬌声《きょうせい》も出せないほどの激しい動きに、ティーリアも膣《ちつ》をきゅうううっと絞り上げた。

「っ……うっ、もう……でるっ！」

膨らみ切った先端がティーリアの最奥で弾ける。

同時に子宮口にくっと押し込むように突き入れたアーヴィンは、全ての動きを止めると天を見つめ背筋を伸ばした。

美しい眉根を寄せた彼は、腰をぶるりといやらしく震わせながら熱い飛沫《しぶき》をティーリアの中に注ぐ。

「あ……ああ……」

苦しげに短く喘《あえ》ぎ、ただの雄になった彼は熱を放出する。

どくん、どくんと先端が何度も膨らみ、熱い精を注がれた。荒い呼吸と共に胸が上下して、汗が滴《したた》り落ちてくる。

——ああ、あったかい……

下腹部が彼の熱でいっぱいになる。アーヴィンが愛おしくてたまらない。

このまま彼と、できればずっとくっついていたい。シナリオも何もかも恐ろしいことを忘れ、彼の愛に包まれていたい。

長い時間をかけて全てを出し尽くしたのか、肩で息をしていたアーヴィンは上半身を倒して素肌をくっつけた。

自然に二人とも唇を重ねる。ティーリアは腕を伸ばすと、彼の汗ばんだ背中をゆっくりと撫でた。唇の裏側の柔らかい部分を重ね合わせ、互いに肌と肌を擦り合わせる。

アーヴィンが動いた途端、中に入ったままの肉槍がちゅぽんと抜け、喪失感がティーリアを襲う。

「あっ」

蜜口からたらりと白濁した液が漏れている。破瓜《はか》の血と混ざり合い、二つの色が白い太ももの横を流れていった。

「ごめん、途中からいろいろ飛んでた」

「ううん、初めてなんだから……仕方ないよ」

ちゅ、ちゅっと頬からまぶた、額と顔中にキスをしながら、アーヴィンが優しく囁く。

彼に愛されている。仕草の全て、指先からも愛情を感じて幸せになる。

「次からは、一緒に気持ち良くなろう」

「……うん」

十分気持ち良かったけどね、と言いながら微笑んだ途端、アーヴィンは「はーっ」と深く息を吐いた。

「こんなのじゃなくて……もっと、君を乱れさせるから」

顎を持ち上げられたティーリアは、獣が獲物を定めたような視線から逃れられなくなる。

まるで狙われた兎のように嫌な予感がして、ティーリアは身体をぶるりと震わせた。

第四章

——本当に、可愛らしいな……

アーヴィンは意識を失ってしまったティーリアの髪を手で梳《す》いた。

初めてなのに、無理をさせてしまった。けれど、長年の溜まりに溜まった想いが爆発して自分を止めることができなかった。

あんなに小さく震えていたのに、あのピンク髪の男爵令嬢が現れた途端、ティーリアはアーヴィンの手を握りしめた。

彼女の存在がティーリアの自尊心を刺激し、そして覚悟を決めさせた。

それを思えば、あの邪魔な令嬢もいい仕事をしたと言える。

騎士団長から、隣国の間諜《かんちょう》かもしれない令嬢がいると聞き近づいてみたけれど、何も引き出すことができなかった。やけに自分にまとわりついていたが、真の目的は一体なんなのか。

——引き続き、監視対象ではあるが……

ティーリアが近くにいては調査できないと思い、ホールに行くように魔法を使ったけれど、それが彼女の嫉妬心《しっとしん》を煽《あお》っていたようだ。

あの時、自分の手をぎゅっと握りしめてきたティーリアの小さな手を思い出すと、トクリと胸が震える。彼女にしか、こんな風に胸が締めつけられることはない。

ティーリアが婚約者になったのは自分が五歳の頃の話だ。今でもはっきりと覚えている。

幼児だった彼女の泣きそうな顔を見て「俺のものだ」と直感した。

ティーリアの未来の全てを自分のものにしたくて、随分とごねて婚約を結んだ。

国王と王妃の間に生まれた第二王子、兄である王太子のスペアとして育てられてきた。そのことになんら不満はない。

だが魔術の才能があり、膨大な魔力を蓄えていたことから、多くの魔術師がそうであるように執着が強い。

始めは乳母に執着し、他人を寄せつけないようにした。アーヴィンのあまりにも深い闇に乳母は恐れをなし、三歳になる前に辞めてしまっていた。

それからは母親に執着する。けれど乳母のように身近にいるわけではない。

第二王子とあって兄とは違い適当にあしらわれる。そのため不機嫌になると目の前のものを燃やすようになった。

「くっ、くくく。かあさま、炎ってきれい」

「ひぃっ」

呼吸をするように、炎の魔術が得意になっていた。

手のひらにポッと明かりを灯すように、ゆらゆらと燃える炎を出現させる。獣が火を恐れるのと同様に、人も次第にアーヴィンとその炎を恐れるようになった。

暗闇があるから、光がある。

自分にとって暗闇は必要悪であり、炎で焼き尽くすことになんの罪悪感もなかった。

「お前は魔術師になるのか？」

「兄上」

アーヴィンの兄であるジュストーは、弟に冷酷な目を向けた。

幼い頃から王となるように厳しく教育された彼は、母親譲りの美しい銀髪を肩まで伸ばしている。人並外れた美貌は、時に冷たさを感じさせた。

「どうしてお前ばかり……力を持つ」

時折アーヴィンに向ける眼差しは、子どもにしては昏《くら》いものだ。ある事件が起こった後は特に、兄弟であっても話すことはない。

幼い頃にティーリアを彼から奪うように婚約者にしたことを今では恨んでいるのか、彼女を取り返されそうになった。その時は怒りで王宮の一部を焼いてしまう。

そのため両親、特に王妃からは危険物のように扱われ、二人は常に怯えた目をしてアーヴィンを見ていた。

だが兄が将来つく王位を狙っていると思われたくなく、両親にはわざと恐怖心を与えるように振る舞う。欲しいのはティーリアだけだ。

そんな殺伐とした生活の中で、ティーリアの顔を見るためにエヴァンス公爵家を訪問した。

彼女の柔らかい肌に触れるとなぜか、心の中に巣くう闇がすーっと消えていった。

「おにいさま」

「俺は君の兄じゃない。婚約者だ」

「こん、やくしゃ？」

「ああ、俺達は結婚するんだよ」

幼いティーリアの手を握っていると、胸が温かくなる。

彼女は不思議な力を持っていた。魔力と呼ぶには清すぎる、魔毒を浄化する力は『聖なる力』のようだった。

アーヴィンはよちよち歩きの彼女の傍を離れなかった。

そしてティーリアが成長すると、一緒に遊ぶようになる。

ある日、ティーリアの大切にしていたおもちゃを見せてほしいと取り上げたところ、彼女が目に涙を溜め、潤んだ瞳で自分を見上げてきた。

ゾクゾクッとした快感が背筋を駆け上る。

一度体験すると、止めることはできなかった。もう一度見たい。もっと見たい。今度は泣かせてみたい……

思い返すと、幼稚すぎる行動だった。

好きな子のことは余計に虐《いじ》めたくなると聞いたけれど、ティーリアは好きな子という枠では収まりきらない。自分の半身だ。

彼女を虐《いじ》めることにほの暗い喜びを感じていたが、転機が訪れる。

ティーリアが十歳になった頃から、彼女は強くなりたいと言い始めた。

そのために走ろうと誘う彼女は、それまでのティーリアとは違っていた。俯き、涙ぐむ彼女はもういない。

元々、身体を鍛えることは好きだったから、ティーリアと一緒に走るのは気持ちが良かった。時折「病まないで」と呟く声が聞こえ、「爽やかな人になって」とねだられる。

彼女の前では、なるべく自分の闇を見せないように心がけていた。おかげで最近ではすっかり『爽やか王子』が表の顔になっている。

魔毒に侵され闇に染まりかける度《たび》に彼女に触れていた。そうすると心が軽くなっていく。自分にとってティーリアはなくてはならない存在になっていた。

「本当に可愛いな」

ティーリアが成長するにつれ、彼女の身体つきはだんだんと女らしさを増していく。

本人は好んでいないようだが、熟《う》れた果実のような胸に引き締まった腰つき、何よりもすらっと伸びた手足に肉付きの良い太もも。

触りたい、押し倒したいと思った事も一度や二度ではない。

だが、倫理観の強い彼女の嫌がることはしたくなかった。

口づけることさえ、恐ろしかった。その先を望まないではいられないことを知っていたからだ。

それでも止められなくなり、とうとう最後まで手にしてしまう。

最中はどうにかして射精感を堪《こら》え、彼女を酔わせることに心を注いだ。しかし初めての快感に、長くはもたなかった。

情けないほどに早く、だが大量に白濁した欲望をティーリアの中に注ぎ込む。

――たまらないっ……

これまで耐えてきた甲斐《かい》があった。全てを凌駕《りょうが》する快感に、もう絶対に手放すことはできないと実感する。

こうなるともっと、彼女を犯して啼かせて、自分以外入ることのできない場所に閉じ込めておきたい――

思考を闇に呑み込まれそうになりながら、アーヴィンはぐっとこらえた。

こうした考えが彼女を怖がらせるのだから、自重しなければ。

「でも……どこまで我慢できるかな」

彼女が破瓜《はか》の痛みを堪《こら》えながら、瞳を潤ませ頬を赤く染めてアーヴィンを受け入れた時は最高だった。

できれば彼女を抱く時だけでも、もう一度あの涙を味わいたい……

仄かに灯る加虐心を意識しつつ、アーヴィンはティーリアの紅赤色の髪を手で撫でた。

こうして手に入れたからには、確実に孕ませたい。

明日、目が覚めた時に避妊薬だと言って偽薬を渡す用意はできている。

「ふっ……ティーリア……君は俺のものだ」

口角をくっと上げたアーヴィンは、喉の奥から湧き上がる笑いを止めることができなかった。

もう、彼女から離れることなどできないと――この時は本気でそう思っていた。

◆

それから数日後。ティーリアは準備を整えると、いつものようにバルコニーから縄梯子《なわばしご》を伝って庭に降りた。前回と同じ服を着ているけれど、ちょっと胸の辺りがきつく感じる。

――アーヴィン様にしつこく揉まれているからかなぁ……

舞踏会デビューの夜に抱かれて以来、ことあるごとに呼び出されては肌を重ねるようになっていた。

けれど、さすがに泊まることは憚《はばか》られる。

昼食を共にした後のひとときが、自然と二人の逢瀬《おうせ》の時間となった。

ゲームのオープニングの日に会った、ピンク色の髪をしたヒロイン。シャナティ・メティルバ男爵令嬢はあれ以来、姿を見かけない。

噴水の前にいる二人を見た時は、シャナティがアーヴィンを選んだと思い、落ち込んだけれど……

結局のところアーヴィンの態度は変わらず、いや前以上に熱くなっている。

――童貞が覚えたての頃って、激しくなるって聞いたことがあったけど……ほんとだ。

このまま王命に従って一刻も早く結婚したい。

アーヴィンは準備を進めていると言ったけれど、まだ具体的な日にちまでは決まっていなかった。

その大きな理由は、隣国のスギリル帝国が戦争を仕掛けてくるという噂があったからだ。もし戦闘が始まると、騎士団の中でも最強と謳《うた》われている魔道騎士のアーヴィンは行かざるを得ない。

そうなる前に形だけでも結婚したかったけれど、今度は父の公爵が反対した。

「アーヴィン殿下に万一のことがあれば、娘は寡婦《かふ》になってしまう。それならば、結婚は戻ってきた後で」

エヴァンス公爵にしてみれば、娘が未亡人となることは避けたい。元王子妃となると、再婚は難しくなる。

とにかく、開戦するかもしれない状況では王族の結婚式を進めることはできない。

それなのに、隙があれば彼の部屋に連れ去られる。

国王が二人の関係を認めているため、ティーリアの父であるエヴァンス公爵はさすがに口出しできなかった。

それに、行為の後はいつも避妊薬を飲ませてくれる。ちょっと苦くて舌に残るけれど、結婚式が終わるまではと言って渡してくれた。

だから、どれだけ激しく何回も抱かれていても、ティーリアはどこか安心していた。これだけ愛されていれば、ヒロインに盗られることもないだろう。

だから、逃亡用と思って貯めていた資金のことや、浄化ポーションのことをギルドマスターのロデオと相談したかった。

お金はもう必要なくなるから、孤児院に寄付をしようか。

そう思って出かける日を探しているけれど、アーヴィンに内緒で出かけられる日がなかなか見当たらない。

そうした中で、ようやく時間ができた。

――今日のアーヴィン様は忙しいって言っていたから、今のうちに顔を出しておきたいな。

ブーツの紐を巻き直したティーリアは、いつものように裏口から出ていくと、小走りになって坂を下りていく。

久しぶりに吸う街の空気が、ティーリアの表情を明るくさせた。

「マスター、これでしばらくポーションは納品できないと思います」

「なんだって？　こんな大事な時に、マジかよ……リア、どうにかならないか？」

「大事な時って、戦争のことですか？」

「あ？　リアも聞いていたか。だったら話は早い。魔道騎士達が必要としているんだよ、大量にな」

「魔道騎士が？」

「ああ、奴らは戦闘で魔術を使うと、どうしても魔毒に侵される。無事に戻ってきても、神殿に行かねぇと回復できない。だが、魔術師には神殿嫌いも多いからな。それがこのポーション一つで魔毒を浄化して、スッキリできるとあれば何本でも常備したくなるさ」

作ってくれるなら言い値で買うとまで言われてしまう。ティーリアの連絡先を知らなかったから、来るのを今か今かと待っていたらしい。

「かくなる上は、閉じ込めてでも……」

「ひぃっ」

「わりぃ、冗談だ。そんなおっかない指輪をつけているお前をどうこうできやしねぇよ」

「お、お願いします」

とは言いつつも、最近はアーヴィンに見られていることが多く、隠れてポーションを作ることが難しい。

協力したいけれど、いつもくっついてくる彼を引きはがすことなどできない。

「もしかすると、そいつと結婚でもするのか？」

ロデオはティーリアの左手に視線を落とした。

質の良い素材を使った指輪に、澄んだ碧《あお》のサファイア。

「え、ええ。すぐじゃないんだけど……でも、そうなるのかなって」

「はぁー、リアも嫁に行っちまうんだな。今度は旦那を連れてこいよ、俺達がいかにリアの作った浄化ポーションを求めているか、話してやるよ」

彼の熱弁を聞いていると、背中を撫でられるようにくすぐったい。こんなにも褒められることは滅多にないし、打ち解けて話せる男性だってそういない。

結婚したら、もうここに来ることもないだろう。元々、ギルドに来るのは逃走用の資金を預けるためだった。

あれだけ何度も「好きだ」とか「愛している」とか、「もう離さない」「絶対に孕ませる」とか……

最後の言葉はともかく、情熱的に抱かれている以上、アーヴィンを疑うことなんてできない。

「残念ですが、また！」

ティーリアはギルドを飛び出すようにして外に出る。

王都の端にあるとはいえ、大通りまで出ると人通りは多い。気持ちを切り替えて、ティーリアは前に向かって歩き出した。

しばらく大通りを歩いていたティーリアは、街を散歩できるのも最後かもしれないと、普段立ち寄ったことのない地域に足を延ばす。

――あれ？　この通りはどこかで見た記憶がある……

白い石畳の道の坂の上にある、お洒落《しゃれ》な出窓のある赤レンガの建物。

確か、あの建物の窓から街並みが一望できる、見晴らしのいい喫茶店だ。

――これ、デートイベントだ！

ティーリアは思わず開いた口を手で押さえた。

ゲームのオープニングで知り合った攻略対象と、街中デートをして仲を深めていく。

ヒロインはお洒落《しゃれ》をして町娘の姿となり、気位の高い令嬢ばかりを見ている攻略対象を可愛らしさでメロメロにする。

まさか、と思い店内を外からそっと窺《うかが》うと、ピンクと白のエプロンドレスを着たヒロインが窓辺に座っていた。そして、その向かい側にいるのは……

――アーヴィン様！　まさか！

最近、ヒロインのシャナティの姿を見なかったから油断していた。

けれど、この喫茶店デートは次のステップへ進む超重要イベントだ。ここで攻略対象の好感度を上げると、一気にエッチなシーンに突撃する。

ヒロインがオーダーするのはチョコレートパフェが、このイベントの最適解。

口の横についたチョコを攻略対象が「ついているよ」と言って指でぬぐい、それを舐める。そのスチル画が色っぽくて悶絶ものだったけど！

「あ……！」

シャナティのところに運ばれてきたのは、巨大なチョコレートパフェだった。軽く二人分はある。細長いスプーンも二本ついているところを見ると、分け合うのだろうか。

「そんな……私、アーヴィン様とパフェを食べさせ合ったことなんてない……」

新鮮なフルーツの上にたっぷりとクリームがのっている。そしてこの世界では貴重なチョコレートがふんだんにかけられていた。

舟形の器に盛られたパフェを、シャナティは可愛らしく首を傾げながら見ている。

――なんで！　アーヴィン様の相手は私なのに！

今すぐそこに行って、パフェを彼女の頭にかけてしまいたい。

ぐっと拳を握りしめ、奥歯をギリッと噛みしめる。一歩踏み出そうとしたところで、ティーリアははっと気がついた。

――えっ！　これって悪役令嬢じゃない！

ルートによっては、ここでティーリアが登場して邪魔をする。選択肢によっては彼女が怒ってパフェをひっくり返すシーンがあった。

このままでは、シナリオ通りに進んでしまう。

アーヴィンがなぜ彼女と一緒にいるのかと聞きたいけれど、今の自分が店内に入ると、きっとシナリオ通りに二人を邪魔してしまう。

それはかえって二人の仲を進展させるに違いない。

「嫌……そんなの嫌よ……」

何よりもゲームの強制力が恐ろしい。もし本当にシャナティがアーヴィンルートを選んだとすれば、ティーリアは逃げるしかない。

ぞっと背筋が凍りつく。そんな道を選ばなくていいと、ついさっきまで思っていたのに、急に現実味を帯びてきた。

ティーリアは店から一歩ずつ後ずさる。このまま彼らを見ていて、もしアーヴィンがシャナティに手を伸ばしたら、きっと冷静ではいられない。

顔を真っ青にしたティーリアは、今にも倒れそうな様子をしていた。

「あれ、君大丈夫？」

行き交う人の中から、男の人が手を差し伸べてくる。大丈夫です、と答える前に彼の手がティーリアの肩に触れた途端、バチッと光ってしまう。

「イッ、痛っ！」

「大丈夫ですか？」

指輪の攻撃を受けた彼は、手を握りしめてうずくまった。

悪意を持つ人を避けると聞いたけれど、この男の人は心配して声をかけてくれただけなのに。

ティーリアは心配になって男の近くにしゃがみ込む。しかし肩に触れようとしても、一定の距離から空気の壁を感じて近づけない。

「え、なんで？」

そう思ったところで顔に影がかかる。

なんだろう、と振り返ると憮然《ぶぜん》とした顔でアーヴィンが立っていた。

ドクン、と心臓が大きく跳ね上がる。

「アーヴィン様……どうして」

「指輪が俺を呼んだから来てみたが、君こそどうして」

腕を組んで見下ろす彼の視線が痛い。理由を聞かれても正直に答えることができなくて、返事に困る。

あたふたしている彼女の全身を見たアーヴィンは、呆れたような声を出した。

「それにしてもティーリア、その格好はなんだ？」

「え？　あ、これ？」

普段は令嬢らしくドレスを着ているけれど、今日は冒険者スタイルだ。ショートパンツに黒タイツとブーツ、そしてチュニックを羽織っている。

運動をする時のティーリアは男性用のズボンを穿《は》くこともあったから、珍しいけれどパンツ姿は初めてではない……はず。

しかし、アーヴィンはどう見ても不機嫌な顔をしている。

「たまには、こんな格好をしてみたいなって……あ、でもアーヴィン様、お連れの方は」

喫茶店で会っていたシャナティをそのままにして来たのだろうか、いろいろ聞きたいのにアーヴィンはティーリアを横抱きにして、すっと歩き出した。

「えっ、きゃぁっ」

肩にかけていたマントを外すと、ティーリアの身体にかける。特に太ももが見えないようにして抱きかかえられた。

それでも人だかりができ、視線を浴びてしまう。ティーリアに声をかけた男性はいつの間にかいなくなっていた。

「チッ、ティーリア。行くぞ」

「え、行くって？」

アーヴィンは舌打ちすると、転移術のための魔法陣を空中に描きながらブツブツと呪文を唱える。

「できた」と言った途端、燐光が彼の手のひらから溢れ、二人を包み込んだ。

ふわりと浮き上がると、目の前が一瞬暗くなる。何が起こったのかわからずアーヴィンに必死に掴まると、彼も腕の力を強めた。

浮遊感がなくなり、アーヴィンが地面に着地する。そっと目を開けると、王宮の奥にあるアーヴィンの私室に立っていた。

「え、これって……」

「転移術だ。まだ遠い距離は難しいが、ここまでなら移動できたか」

――転移術！

普段の彼は極力魔術を使わないようにしている。戦闘に特化しているためと本人は言っていたけれど、こんな便利な魔術も使えるようになっていたとは。

だがアーヴィンにしては珍しいことに、顔を青白くしてソファーに座った。どことなく息も荒くなっている。

「どうしたの……？　気分が悪そうだけど」

「ああ、転移術はまだ慣れてないからな……少し、魔毒酔いをしただけだ」

魔力を一気に使いすぎると、身体の中の魔毒が増えて引き起こされるという『魔毒酔い』。聞いたことはあるけれど、アーヴィンが酔っているのを見たのは初めてだ。

「大丈夫？　私にできることはない？」

「こっちにおいで……ティーリア」

彼は両手を広げ、ティーリアを招く。吸い寄せられるように近づいて隣に座ると、彼はティーリアの肩口に頭を乗せた。

「アーヴィン、大丈夫？」

声をかけると、彼は「ああ」と絞るように声を出す。そういえば、ロデオは魔毒には『浄化ポーション』が効くと言っていた。

今ポーションは持っていないけれど、元々ティーリアの祈りの力を移したものだ。

ティーリアはアーヴィンの頭頂部に唇を寄せて、彼の魔毒が浄化されますように、と心を込めて祈る。

「あ……ティーリア。何か、したのか？　魔毒酔いが軽くなっている」

彼は驚いた顔を見せた。通常であれば回復まで時間がかかるはずだが、ティーリアが触れた途端、頭がスッキリしたようだ。

これまでも似たようなことはあったけれど、ここまではっきりと力が作用したことはなかった。

「何かって、……癒やされますようにって。お祈りしただけだよ」

「そうか。多分、ティーリアの浄化の力が強くなっている」

もしかすると、浄化ポーションを作るために試行錯誤したから、力が強化されたのかもしれない。

彼がポツリと零《こぼ》した言葉を聞いて、思いきってポーションのことを知らせようかと迷う。

けれど、ギルドに資金を貯めている理由を聞かれると困るので、戸惑いもある。

どうしようか、と考えているうちに調子を取り戻した彼は、ティーリアの太ももにそっと手を置いた。

「ティーリア。……頼むから、そんな格好で外を歩かないでくれ」

「え、この服？　冒険者を真似てみたけど、ダメだった？」

「ダメだ。そんな足の線を晒《さら》すなんて……それに、護衛もつけずに何をしていたんだ」

そこを突かれると困ってしまう。でも、それを聞くなら彼もあそこで何をしていたのだろう。

「アーヴィン様だって……私のいないところで、女性と二人で喫茶店にいました」

「あれはっ！　……君はどこまで見た？」

「どこまでって、ピンクの髪の令嬢と楽しそうにお喋りしていたから……私」

シャナティにアーヴィンを奪われるかと思うと切なかった。

彼の気持ちを疑いたくはないけれど、ゲームの強制力が怖い。シャナティが望めば、アーヴィンの気持ちは簡単に変わるかもしれない。

「そうか。あれは……君が気にするような相手ではないよ。とにかくその姿の方が問題だ」

アーヴィンはティーリアを抱き寄せると、ホットパンツに触れて臀部《でんぶ》を撫で始めた。

「こんなにも形のいい、君のお尻を見た男を全て燃やしたいくらいだ」

「ア、アーヴィン様？」

物騒な言葉を吐いている。

いつの間にか膝に乗せられ、ティーリアは彼の昏《くら》く濁った目を見た。

「太ももも、この腰のラインも……見てもいいのは俺だけだ」

撫でる手が怪しげに蠢《うごめ》いている。

舞踏会の時はドレスを引き裂いた彼のことだから、今回も破られるかもしれない。ゾクッと悪寒がして、ティーリアは祈るように手を合わせて彼を見上げた。

「でもね、これは冒険者スタイルで……庶民の子なら普通だったから……お気に入りなの」

「でもダメだ。君は公爵令嬢で、俺の大切な婚約者だ」

やはり怒っている。かなり不機嫌になっている。

アーヴィンは指の先に魔術で光を出すと、やはりホットパンツを腰からビリッと裂いてしまった。

「ひえっ」

はらりとパンツが落ちて、黒のタイツ姿になる。

綿で織られた緻密《ちみつ》な作りで、ほど良く足にフィットしたものだ。しかも、それさえも股のところからジリリと裂かれてしまう。

「あの……アーヴィン？　まだ、お仕事があるんじゃ……」

今日は忙しいと言っていたのに、大丈夫なのだろうか。

チュニックも脱がされ、ティーリアは白いシャツ一枚になっていた。

「コルセットもつけないでいたのか」

「だって……胸が苦しくて」

ドレスではないから、チューブ式の胸当てを当てているだけだ。

揺れる胸を固定していれば、ポンチョのように厚手のチュニックを着れば大丈夫なはずなのに。

「君は……この身体が誰のものか、わかっているのか？」

シャツのボタンを一つ一つ外しながら、アーヴィンは熱い息を吐いた。

顔を横に振ると、金色の髪がふるりと揺れる。そこから、彼らしい清涼感のある匂いが立ち上《のぼ》った。

「誰のって……アーヴィン様」

彼の行動も、甘い言葉すら今は恐ろしい。

この前も王宮の廊下で襲われるようにして身体を繋げた。こうした行為になると、どこか彼の闇が表に現れる。

「この前は廊下で無理やり……恥ずかしくて止めてって言ったのに。誰かに見られたかもしれないのに」

「この俺が、君のあられもない姿を他の者に見せると思ったのか？　遮視と遮音の魔法をかけていたよ」

「そんなの……知らない」

彼の手は止まらない。全ての衣服を剥ぎ取ると、それを一つにまとめてボッと火をつけて燃やしてしまう。

「えっ」

「代わりの服は、いつでも俺が用意するから……こっちを向くんだ」

アーヴィンはカチャリとトラウザーズのベルトを緩めると、いきり勃《た》った陰茎を外に出す。先端は既に汁を垂らしていた。

ソファーに寝そべったまま、片足を持ち上げられる。

愛撫も何もないまま、彼は熱杭をあわいに擦りつけると、二度、三度と上下に動かした。

「ティーリア、俺に言うことは？」

「あ……あっ、あ」

手を取られ、まるで布地に縫いつけるように押さえつけられる。

先端が入りそうで入らない。蜜口は彼の熱杭を期待して、もう涎を垂らしていた。

「ティーリア。俺の目を見るんだ。……君は、誰のものだ？」

「わ、私……アーヴィン様の、あなたのものだから」

「だから？」

口角をくいっと上げた彼は、意地悪な顔つきになる。滾《たぎ》る切っ先で蕾を押しながら、秘裂の入り口をつつく。

「い、挿《い》れて……アーヴィン様の、熱いのを挿《い》れてほしいの」

「いい子だ」

この身体はもう既に、彼の形を覚えている。

昂《たかぶ》りに触れただけで、彼から与えられる愉悦を期待して身体が素直に反応していた。そこに待ちわびた刺激が与えられ、一気に突き上げられる。

「はうっ」

重量感のある塊《かたまり》が胎を満たす。

媚肉をかき分けて入りこんだ肉棒が、身体の中の敏感な部分を押し上げた。同時に、目の前が白くなるほどの快感が込み上げる。

「あっ……はぁっ……ぁ」

「なんだ、もうイったのか？」

衝撃に声を出せず、ふるりと顔を左右に振る。彼の一突きでイくなんて、淫《みだ》らな女になったようで認めたくない。けど――

「そうか？　下のお口の方は、素直だけどな」

ぎちっ、ぎちっとソファーが軋《きし》む音を立てている。

アーヴィンは熱杭を押し込めるように抽送した。蜜口からはとめどなく愛液が溢れ、くちゅくちゅと音を立てている。

まだ触れられていない乳房が揺れ、先端は既に赤く勃《た》ち上がっていた。

「ぁ……はぁっ……ああっ……んんっ……っ」

ぱん、ぱんっと音を立て肌が重なり合う。

ティーリアは白い頬を紅潮させ、吸いつくような肌にうっすらと汗をかいた。

男根を押し入れながら、アーヴィンは陰核を指で弄《もてあそ》ぶ。襞《ひだ》を分けて芽を露《あら》わにし、指で挟むとゆっくりと扱《しご》く。

快感を拾いやすい身体は、それだけで全身を震えさせた。

弓なりになって背を反らすと、アーヴィンはますます虐《いじ》めるように陰核を刺激する。

「そこっ、ダメぇ……っ、ダメ、いや、イっちゃうっ」

「ダメじゃないだろう？　気持ちのいい時は、イイって言うように、教えただろう？」

ビクンと身体が震えた途端、アーヴィンは全ての動きを止めた。

あと少しで絶頂するのに、どうして？　と潤んだ目で見上げると、彼は無表情でティーリアを見下ろした。

「ティーリア、どうしてあそこにいたのか答えるんだ」

「……っ、え？」

一瞬、何を問われているのかわからなかった。

ただ意地悪をされているのではない、と理解するまで数秒かかる。

「あそこって……」

「どうして喫茶店に近づいた？　あそこに俺がいると、なぜわかったんだ？」

「え、あっ！　そ、それは……っ」

何かを疑われている。でもそれが何か、わからない。

まるで尋問されるように問われ、ティーリアは頭が回らなくなる。

「ゲームの、イベントだからっ」

「ゲーム？　なぜ君があの女と同じことを言うんだ？」

「あの女って、シャナティのこと？」

ヒロインの名前を出すと、アーヴィンは片眉をピクリと上げた。

「どうしてその名前を知っている。君とは接点がなかったはずだ」

「だって……噴水の前にいたから」

舞踏会で会っているけれど、確かに言葉を交わしたことはない。

そもそも公爵令嬢と男爵令嬢では、身分が違う。高位貴族であるティーリアから声をかけなければ、会話は成立しない。

「君は俺に隠していることが多すぎる。……この服も、破天荒な性格のせいだと思ったけれど……違うのか？」

「ち、違わないっ！　ただ、彼女のことが気になったから……調べただけでっ」

腰に手を当てたアーヴィンは、勢いをつけて抽送を再開する。頂上に登りかけていた身体は、すぐに快感を拾い上げた。

「っ、はぁっ……ぁ、はっ……ああっ……い、いいっ、イっちゃう、イっちゃうからっ！」

「ああ、イくんだっ！」

アーヴィンはこれまでと違って叩きつけるように腰を動かした。

あり得ないほどのスピードに、身体がガクガクと揺さぶられる。

ぐっしょりと濡れそぼった膣《ちつ》内をかき分けてきた男根を、ティーリアは締めつけぎゅっと絞り上げた。

「っ、くぅっ……うっ」

「あっ、ああ――っ」

繋がった部分からこれまでにない快感が這い上がってくる。

アーヴィンから放たれる熱い精液を待ちわびた膣《ちつ》が、彼の分身に激しく吸いついた。

「……で、出るっ……」

男根は一層大きくなり、呻《うめ》き声と一緒に熱い飛沫《しぶき》が膨らんだ先端からはじけ飛ぶ。肩で息をしたアーヴィンは最奥に擦りつけるように、腰を何度も押しつけた。

「あ……んっ……ん……」

悦《よ》すぎる快感に頭の奥が痺《しび》れている。最後に中をねっとりとかき混ぜたアーヴィンは、緩んだ男根をちゅぽんと引き抜いた。

はぁ、はぁと荒い呼吸を落ち着かせながら、ティーリアは彼を見上げる。杭の抜かれた後から、白濁した液がとろりと太ももに滴《したた》り落ちた。

「あ……もう、終わりなの？」

とろんとした目をして、恍惚《こうこつ》とした表情を見せるとアーヴィンは「うっ」と、口を手で押さえた。目元を赤くした彼は、「たまらないな」と言い、中途半端に着ていた服を脱ぎ始める。

「まったく、君は魔性すぎる。……俺をおかしくさせて、どうしたいんだ？」

「どうって……ああんっ」

裸になったアーヴィンは、肌を重ねながら再び力を持った男根を差し込んだ。そこからはもう、意味のある言葉を出すことができなってしまう。

彼の裸の胸に顔を当てながら乱れた呼吸をくり返す。

前から、そして体位を変えて後ろからも突かれ、ティーリアは喉を嗄《か》らすほどに嬌声《きょうせい》を上げた。

気がついた時には日が沈みかけていた。

疲れ果てた身体でクッションの効いた寝台に横になると、意識を保つことは難しく、そのまま倒れ込むようにしてティーリアは目を閉じた。

——夢を見ていた。

真っ白な空間の中、光り輝く何かが近づいてくる。そしてティーリアのお腹に触れると、ほわりと温かい感触が移ってくる。

それは不思議なほどに温かくて、全身が幸せに包まれるようで……

ぱちりと目を覚ましたティーリアは、いつもと違う布が頬に触れていることに気がついた。同時に筋肉質な腕が身体に巻きついている。

アーヴィンの腕だ。

まるで抱き枕の如《ごと》くがっちりと包まれている。ついでにお互いに何も着ていない。そういえば、昨日着ていた服を全て燃やされていた。

——あの夢、なんだったんだろう……

ぼんやりとしながら、目の前に寝ている整った顔を見つめる。くしゃりとした金色の髪が、顔にかかっている。

長いまつ毛に、凛々《りり》しい眉。高い鼻筋に引き締まった薄い唇。本当にため息が出るほどに美しい。

社畜人生だった前世からは考えられない美形婚約者に、愛されて啼かされて……少し意地悪だけど、本当に嫌がることは……するけど……ちょっとだけだ。

こんなにも素敵な男性が自分の夫になるなんて、やっぱりどこかで取り上げられるのではないかと恐ろしくなる。シナリオも微妙に絡んでくるし、まだ油断はできない。

それでも、やっぱり。

——私は、アーヴィン様が好き。

この想いだけは忘れないでいたい。ティーリアは腕を伸ばすとアーヴィンの顔にかかる髪を避《よ》ける。すると男らしく秀《ひい》でた額が現れた。

——結婚したら、毎朝こうして彼の寝顔を見ることができるのかな……

なんだかくすぐったい気持ちになる。幼い頃から夢見ていた、アーヴィンの花嫁——王子妃として隣に立つ。それは王族の一員になることを意味していた。

王族の女性は王妃だけだから、王子妃の務めは多いだろう。

女性王族が少ないのは、アーヴィンの兄であるジュストーが結婚していないからだ。二十五歳にもなるのに未だに婚約者もいない。

第二王子であるアーヴィンには、幼少期からティーリアが宛《あ》てがわれたのに対し、ジュストーの方はこれまで婚約に関する噂話すら出たことがなかった。

アーヴィンが嫌がるから、超絶美形のジュストーには数えるほどしか会ったことはない。

王太子は銀色のストレートの髪を長く伸ばし、色素のないような肌をしている。

アーヴィンと同じくらいの背丈だが、どこか陰のある中性的な雰囲気をしていて、爽やかなアーヴィンとは随分と印象が違う。

性欲のないエルフのようなイメージなのに、意外なことに未亡人相手に盛んだという噂もある。もしかすると男性も相手にしているかもなんて噂まであったけど……そこはよくわからない。

ジュストー王太子殿下のことを考えていると、いつの間にか目を覚ましたアーヴィンが腕に力を込めて抱きしめてきた。

「コラ。朝から俺以外の男のことを考えていたな」

「え、どうして……わかったの？」

「君の指輪から、ほんのり伝わってくる。近くにいるからね」

ティーリアは左手の薬指にはめている金色の指輪を眺めた。

素朴な作りで、碧《あお》い石がはまっている。アーヴィンはその手を取ると、薬指を口元に近づけた。

「これ、俺がいなくなったとしても……必ずはめていて。君を守るから」

「え？　いなくなるって」

「もうすぐ、隣国が攻めてくるかもしれない。怪しげな動きが報告されたら……俺が戦場に立つ必要がある」

スギリル帝国の侵略と聞くと、胸がキリリと痛み心が絞られる。

なぜ、平和を保てないのかわからない。一旦戦争が始まると、アーヴィンはこのダフィーナ国の王族として、魔道騎士として戦わないといけない。

それでも、危険のある戦地には行ってほしくなかった。離れるのも寂しい。けれど、彼の役割も知っている。

「行かなきゃ、いけないんだよね……」

「ああ」

アーヴィンは指輪にキスをすると、何か呪文らしきものを唱え始めた。しばらくして唇を離し「よし」と呟く。

「何かしたの？」

「この指輪を俺の魔力回路と繋げた。これで遠く離れていてもティーリアの祈りがダイレクトに届く」

「魔力回路って、そんな大切なところ……」

「大丈夫だよ。ところで、これに口づけながら浄化を祈ってくれないか？」

ティーリアは指を口元に近づけると、いつものようにアーヴィンが癒やされますようにと祈る。するとと目を閉じたアーヴィンは「あぁ……やっぱりいいね」と気持ち良さそうな顔をしていた。

「これがあれば、私がいつでもアーヴィン様を浄化できるのね」

「そうなるけど、このことを誰にも言ってはいけないよ。俺の心臓を渡すのと同じくらいの意味があるから」

「……そんなにも、大切なものを私がつけていてもいいの？」

「ティーリアになら、殺されてもいいかなって」

くすりと笑った彼は、目を猫のように細めて微笑んだ。恐ろしいことを言っているのに彼の笑顔が眩しい。

アーヴィンは希代《きたい》の魔道騎士と言われるけれど、魔毒酔いに苦しむこともある。魔術師は万能ではない。もちろん彼にも、弱点はある。

「魔毒酔いにも気をつけてね」

「だったら毎朝、俺のことを思い出して指輪にキスをして。ティーリアの祈りが一番……効くから」

「そうなの？」

「そうだよ」

急に甘えた声を出した彼は、額をティーリアの額にコツンとくっつけた。

「離れることになったら……寂しくなっちゃう」

「すぐに戻るよ」

「本当？」

「ああ……ティーリアの方こそ、よそ見をするんじゃないぞ」

額をぐりぐりと押しつけられる。ちょっと痛いと身をよじると、離さないとばかりにギュッと抱きしめられた。

「そんなこと、できないよ」

「君は……自分がどう見られているか、わかっていない」

「どうって、アーヴィン様の婚約者でしょ？」

「それでも、だ。俺がこうして抱くようになってから……色気を振りまきすぎている」

「え？」

背中に回っていた手が下に滑り、裸のままの臀部《でんぶ》を握る。もう片方の手は不埒《ふらち》に動き、胸をまさぐり出した。

「この豊満なおっぱいも、白くてまろやかな尻も、敏感で卑猥《ひわい》な身体も、全部俺のものだっていうことを……忘れたらダメだ」

「なんか言い方がいやらしいよ……アーヴィン様のエッチ」

「いやらしくない俺の方がいい？」

なんだか今朝のアーヴィンは、彼らしくない。

何が違うのかは上手く言い表せないけれど、いつも自信に満ちている彼にしては珍しく、不安を覚えているようだ。

「そんなこと言われても……もう、いやらしくないアーヴィン様なんて、想像できない」

「ははっ、そうだね」

すると既に臨戦状態になっている昂《たかぶ》りを腰に押しつけてくる。

こうなると一戦交えないとおさまらないだろう。ティーリアはギンギンになっている昂《たかぶ》りにそっと手を添えた。

「アーヴィン様のここも、全部大好き」

胸を厚い胸元にこすりつけながら、ティーリアは目の前にいる彼の頬にちゅっと口づけた。少しでも、自分の想いが伝わってほしい。

「……ティーリア」

すっと目の色を変えた彼は、触れて遊ぶだけだった手つきを変えた。

そこからは、官能を高めるような触れ方になる。あの甘やかで苦しい時間になると慄《おのの》きつつも、期待で胸が熱くなった。

「っ、あっ」

甲高い声で始まった朝の戯《たわむ》れは、次第に寝台を軋《きし》ませ荒い息遣いを部屋中に響かせる。アーヴィンは想いのたけをぶつけるように、ティーリアにありったけの熱を注いだ。


朝まで王宮で過ごしたティーリアは、アーヴィンが出かける時間になるとようやく公爵屋敷へ帰ることが許された。

王宮にも、ティーリアのサイズにぴったりの下着やドレスが何着も用意されている。気を利かせた侍女達は、ティーリアの身体に赤く残る情事の痕を見ても何も言わず、黙々と髪を梳《す》いてコルセットを絞め上げ準備を整えた。

「もう、ここに住みなよ」

「それは……ちょっと……」

これだけ何度も王宮で二人きりで過ごしていると、さすがに周囲にはいろいろと気がつかれている。結婚前で恥ずかしいけれど、アーヴィンは気にしていない。

むしろなぜ帰るのかと言いたげな顔をしていた。

「また来るね」

「……ああ」

着替え終えたティーリアは、普段よりも長い時間をかけてアーヴィンを抱きしめた。

彼のことを、少しでも癒やしたい。浄化の気持ちを込めて祈ると、アーヴィンは「ありがとう」と小さく声を漏らした。

「ティーリア……すまない、今日は公爵邸まで送ることができない。今から騎士団に顔を出さないといけなくて」

「アーヴィン様。私なら大丈夫です、父にはわからないように屋敷に入れば」

「それは問題ない。相手は俺だと伝えてあるから」

「え」

王宮にいることは既に連絡されていたそうだ。さらにアーヴィンの部屋に泊まることを明記したという。そうした点について彼は抜かりない。

「お、お父様はもう……知っているの？」

「当たり前だろう、俺は君の婚約者だよ？」

爽やかに笑っているけれど、なぜか捕食者に捕まった獲物のような気持ちになる。逃げたくても、もう囲いに囚われてしまっているような、いないような。

「そうね、そうよね……」

頬をひくりとひきつらせながら、ティーリアはアーヴィンを見つめた。

「じゃ、そこまで見送るよ」

「……ありがとう」

彼にエスコートをされ、王宮の馬車乗り場へ向かう。

二人で並んで歩くことが心地良い。隣にいる彼の顔を見上げると、アーヴィンはくすりと口角を上げた。

彼の爽やかな笑顔が眩しくて、ティーリアは目を細めて彼を見つめた。

この笑顔を最後にアーヴィンと会えなくなるとは、この時ティーリアは思いもしなかった。

◆第五章

朝帰りの馬車に乗りながら、ティーリアは昨日のことを考えていた。

──あのシャナティも転生者なのかなぁ。噴水の前に立つと攻略対象を選ぶことになるって知っていたみたいだし。チョコレートパフェを選んで、『ゲーム』という単語を使ったっていうし。

「やっぱり、この世界が乙女ゲームだって、知っているよね」

そうすると、悪役令嬢ティーリアのことも意識しているに違いない。

シナリオとは違い、攻略対象にはなるべく近寄らず、ヤンデレではないアーヴィンともいい関係を築いている。

他の攻略対象と違って、アーヴィンの性格は大きく違っていた。

──それでも、シャナティは彼《アーヴィン》を選んだのかな……

よくよく考えてみても、彼女はそうとしか思えない行動を取っている。そうなると、次のイベントはなんだったろうか。

ティーリアは分岐点を思い出そうとするけれど、既に前提条件が大きく違っている。

シナリオに沿っていれば、ティーリアはアーヴィンから婚約破棄を言い渡され、捨てられるのがお決まりだ。

でも、今のアーヴィンがそんなことをするとは思えない。彼の言動からも、ティーリアを愛してくれていることは十分わかっている。

それでも、言いようのない恐ろしさを感じてしまう。このまま進むと、どうなるのだろう。

けれど、そんなことを言ってはいられない状況となった。

公爵邸に戻ったティーリアが翌朝聞いたのは、スギリル帝国から開戦宣言がされたという、気の重くなるニュースだった。

ティーリアは慌てた様子で父親の執務室に飛び込んだ。

「お父様、スギリル帝国が侵略を始めたというのは、本当ですか？」

「ああ、お前か。昨日の王宮の様子はどうだった？」

「特に、変わりはなかったのですが……ということは、奇襲されたのでしょうか」

「王室が気がついてなかったなら、そのようだな」

アーヴィンと別れたのは昨日の早朝のことだ。彼はあの時、騎士団に向かうと言っていた。さすがに何かしらの動きを把握していたのかもしれない。

「では……アーヴィン様は」

「彼はもちろん、戦場に行かざるを得ないだろう。あれだけの腕をした魔道騎士で、王家の一員だからな。兵を率《ひき》いる役目がある」

「それは……そうなのでしょうが」

不安で目の前が暗くなる。彼は強いと聞くけれど、戦争となると不測の事態はいつでも起こりうる。

「お父様、私はどうしたら」

「……待つしかない」

父親は窓の外を見るとふぅ、と大きく息を吐いた。

「スギリル帝国は我が国の半分の兵力しかないと聞くが、開戦した以上油断はできない。今回の狙いは南にある鉱山と聞くから、王都まで攻め入ることはあるまい。だが……」

アーヴィンは騎士団の部隊長としての責任がある。騎士からの期待も大きく、彼がいるだけで士気が段違いになると聞いた。

今は、信じて待つしかない。彼の無事を祈ることしか、ティーリアにはできなかった。


南の鉱山地域は戦闘状態であっても、王都に砲弾は飛んでこない。新聞の記事は戦況を伝えるけれど、その他は特に変わりのない日常が続く。

ティーリアは街頭で売られる新聞を購入するように頼み、毎日食い入るようにして読んでいる。信頼できる記事もあれば、そうでないものもある。

従軍記者も限られている中、それでもアーヴィンの消息を知りたかった。

「ティーリア、また新聞を読んでいるのか」

「お父様」

「騎士団は何も伝えてこないからな……貴族院でも戦況は伝えられるが、常に勝利したとしか聞かない。本当のことならば、もう既に戦争は終わっているだろうに」

どうやら戦力は拮抗《きっこう》しているようだった。最後にアーヴィンと会った日からひと月近く経っている。すぐに帰るよ、と言ったのに全然会えない。

「大丈夫です。アーヴィン様を信じていますから」

胸の中にくすぶる不安を払うかのように、微笑みを顔に貼りつけた。剣帯に刺繍をして、祈りを込める。

婚約者としてできる限りのことをしようと、必死になって針を持つ一方で、薬師リアとしての活動を増やしていた。

これまで頻繁にあったお茶会も舞踏会も、自粛《じしゅく》が続いている。

外出する予定の少なくなったティーリアは、こっそりと浄化ポーションを作ってはギルドに卸《おろ》していた。

ギルドマスターは「いくらでも買う」と言ってくれる。今は逃走資金のためというよりも、戦場で必要だから作っていた。もしかするとアーヴィンが使うかもしれないから、必死に想いを込めて祈る。

「リア、最近の浄化ポーションの評判がいいから調べてみたが……Sランクになっていたぞ」

「Sですか？　本当に？」

「ああ、こんなにも上等なポーションはなかなか手に入らねぇ。価格も今度の仕入れ分から上げるよ」

「……ありがとうございます。もう少しがんばって、数を増やしてみますね」

ギルドにも冒険者の数が少なくなっている。やはり南の方が何かと儲かるのか、そちらに人が流れているという。

中には志願兵となった冒険者もいると聞く。彼らがリアの作る「浄化ポーション」を勧めてくれれば、アーヴィンも口にするかもしれない。

毎日朝と夜、祈りながら指輪にキスをしているけれど、彼が必要を感じた時にポーションがあればすぐに浄化できる。

「ここも寂しくなりましたね」

「もしかすると、リアの婚約者も戦地に行っているのか？」

思わずギクリとしてしまう。戦地できっと、先頭に立ち指揮をとっているだろう。

「そうなんです」

「だったら、これも飲んでもらえるといいな」

「……はい」

戦地にいる彼からはなんの便りもないから、毎日どうしても不安になる。こんなにも長期間、離れたことはなかった。

ティーリアは落ち込みそうになる気持ちを奮《ふる》い立たせるように、カウンターのイスから立ち上がる。すると、急に目の前が暗くなる。

「えっ」

ふらりと眩暈《めまい》がして、ティーリアはその場にうずくまった。

「大丈夫か？　リア？」

ロデオは心配そうな声を出してカウンター越しに声をかける。

その瞬間、ティーリアは急に吐き気を催《もよお》した。

――な、なんで？　こんな時に……

ハッと口を押さえる仕草を見て、ロデオは受付にいる女性職員に命じて救護室へ彼女を案内する。

小さな寝台に腰かけると、冷たい水を渡された。けれど、それを飲む気にもなれない。

吐く一歩手前の気持ちの悪さが続いている。

こんなこと、今までなかったのにどうして……

――もしかして？

ティーリアは不調の原因に思い当たる。

アーヴィンと身体を重ねた最後の日の朝、慌ただしく過ごしてしまい、いつも貰っていた避妊薬を飲んでいなかった。

それに、あの光がお腹に宿る夢は……もしかすると、いや、きっとアーヴィンの子どもを授かったことを暗示していたのかも。

——彼の、子ども？　アーヴィン様と私の、赤ちゃん……

非常事態にもかかわらず、嬉しさが込み上げてくる。戸惑いはあるけれど、彼との子どもを授かったなんて、嬉しくて仕方がない。

アーヴィンは何度も「孕ませたい」と言っていたから、きっと喜んでくれるだろう。

すぐに伝えることができなくて辛いけれど、戻ってきた時に驚かせよう。

不調の原因がわかってしまえば、戸惑う必要はない。未だに胸の辺りはムカムカとするけれど、一度公爵邸に戻って……と思ったところで何か嫌な予感がする。

——もし、このままアーヴィン様が帰ってこなかったら、どうなるの？

未婚のまま子どもを産み育てることが、公爵令嬢に許されるだろうか。

それも、王家の血筋の子どもだ。アーヴィンの子どもだと認められなかった場合、悲惨なことになる。

将来に禍根《かこん》を残さないために、子どもをおろせとも言われかねない。

——どうしよう、そんなのは嫌、絶対に嫌。

まだ膨らみのない薄いお腹を撫でる。この子を守ることができるのは、自分しかいない。

ティーリアは覚悟を決めるように唇を引き結んだ。

公爵邸に戻ったけれど、妊娠のことは誰にも言わず様子を見ることにした。

妊娠初期は不安定で、残念ながら流れてしまうこともある。外出も控え、しばらくは大人しくしていようと思ったある日、父に呼び出された。

「ティーリア、最近は引き籠《こ》もってばかりいるようだが、今度の夜会には参加しなさい」

「お父様、ですが……アーヴィン様もいないのに、私が顔を出してもよろしいのでしょうか」

国民全体が自粛《じしゅく》している中、王宮では国力を示すために舞踏会が開催されることが決まった。華やかな場所になるだろう。

けれど、アーヴィンは戦地にいると思うと、とても参加したい気持ちになれない。しかし、父である公爵の考えは違っていた。

「陛下の誕生日を祝う会だ。将来の王子妃であるお前こそ出席しなくては」

「……わかりました」

「それに、戦況に関する何かしらの説明があるかもしれぬ。お前も聞いておきたいだろう」

「はい」

アーヴィンのことなら、ほんの些細《ささい》なことでもいいから知りたい。ティーリアはお腹にそっと手を当てながら父親に頷いた。


篝火《かがりび》が焚《た》かれ、王宮の入り口では大勢の人の声が響いている。

これまで見たこともないほどの数の貴族が王宮に集まっていた。皆、それぞれ華やかな衣装を着ている中、ティーリアは碧《あお》色のドレスを身に着けていた。

アーヴィンから貰った指輪はドレスの格には合わないけれど、いつも通りはめている。

ホールの中に入ると、ティーリアは注目を集めた。こうした夜会では常に隣にアーヴィンがいたため、不躾《ぶしつけ》な視線を受けることに慣れていない。

それでも中央に向かい歩いていくと、華やかな集団が目に留まった。

ジュストーの周囲に、女性が群がっている。そして、驚くべきことに彼の隣で微笑んでいたのはシャナティだった。

――どうして？　彼女は……アーヴィンルートではなくて、隠しルートを狙っていたの？

ジュストーも乙女ゲームの中の重要な登場人物の一人だ。

銀色のストレートの髪を伸ばし、性別を超えた美しさを誇る超絶美形の王太子。ただそれは、何回もトライしなければたどり着くことのできない隠れた存在。

まさか、彼女はジュストーの愛を得るために攻略対象《アーヴィン》に近づいたのだろうか……

すると女性陣に囲まれていたジュストーが、ティーリアの方へ顔を向ける。

冷酷で、狙いを定めた獣のように鋭い視線だ。

――えっ、なんで……？

王太子であるジュストーに、これまでこんな風に見つめられたことはない。アーヴィンの兄でありながらも、兄弟仲はどこか冷めているのか、一緒にいることは少なかった。

ティーリアもアーヴィンに言われ、ジュストーには近寄らないようにしていたから尚さらだった。

ティーリアが驚きつつ集団を見ていると、隣に立った男性から声をかけられる。

「これはエヴァンス公爵令嬢ではありませんか」

「……デューク殿下、今宵はご機嫌麗《うるわ》しく」

「ええ、目の前に月の精が降りてこられたと思いましたよ」

イケオジ王弟殿下だ。彼も当然のことながらこの夜会に出席していた。ティーリアが一人でいるのを目ざとく見つけ、傍に近寄ってくる。

「私は陛下にご挨拶に行かなくては」

「ティーリア嬢、今会ったばかりではありませんか。どうかこの後、私とダンスをするという約束をいただきたい」

「申し訳ないのですが」

断ろうとした途端、ティーリアの手を取ろうとしたデュークの手をバチッと光が跳ねのけた。

「イッ」と手を振るデュークを見て、指輪の魔力が発動したことを思い知る。

「何かが阻害しているようだな」

「あの……今夜は誰とも踊る予定はありません」

ティーリアは動揺を悟られないように、硬い声を出して断った。その途端、別の男性からも声をかけられる。

「エヴァンス公爵令嬢、私のことは覚えておいででしょうか」

「あなたは……キングスコート卿ではありませんか」

「はい。今宵こそ、あなたの手を取りたいと願う下僕《しもべ》のダリルです」

赤銅色の髪に黒い瞳、ティーリアと似た色を持つ美形の宰相補佐の——知的メガネだ。

攻略対象が多すぎるから、それぞれの特徴をあだ名にして覚えていた。

彼の性癖は確かドMで、される方の調教癖があった。だから下僕《しもべ》だなんて言うのだろうか。どちらにしても、今夜は誰にも触れられたくない。

「ごめんなさい、今夜は踊らないことに決めていて……」

彼も断らなくては、と思うと冷や汗が出てくる。

とにかく攻略対象には近づきたくないのに、彼らは諦めず声をかけてくる。

すると近くでぼそりと呟く声が聞こえてきた。

「まぁ、第二王子から今度は王弟殿下に乗り換える気かしら」

「あれほどアーヴィン殿下にくっついていた方が……もう他の殿方を見ていますわ」

二人の美丈夫を従える悪女だ。婚約者がいない間に、他の男を侍《はべ》らせようとしている、とひそひそと噂されている。

——そんなことないのに……

本当は誰にも近寄ってほしくない。今夜は国王にお祝いを伝えるために来たのに、これではまるで、自分からトラブルを引き起こそうとしているようだ。

どうしようかと思ったところで、騎士に声をかけられる。

「ティーリア・エヴァンス公爵令嬢殿、陛下がお呼びになっています」

屈強な身体つきをした彼は、ガチムチ騎士のジェフ・コルトハードだ。

——なんでもう、攻略対象ばっかり！

この状況に頭が痛くなるが、ジェフは自分を呼びに来ただけだ。

なぜか睨み合っているデュークとダリルを横目に、ジェフにお礼を伝える。

「はい、わざわざのお呼び出しありがとうございます」

にこりと微笑むと、ジェフはフッと顔を背けた。耳元が赤くなっている……ような……

「騎士様？　陛下は奥にいらっしゃるのですか？」

「は、はい。別室でお待ちです。私が案内いたします」

ぴしっと姿勢を正したジェフの隣に立ち、知的メガネとイケオジ王弟に向かってお辞儀をする。

「申し訳ありませんが、陛下のところへ行ってまいります。お二方とも、今夜は大勢の美しい令嬢がお待ちしておりますので、婚約者に操《みさお》を立てております私などではなく、他の方をお誘いくださいませ」

薄い笑みを顔に貼りつけ、ぴしゃりと言いつける。

何か言いたげな二人をその場に残して、ティーリアはすたすたと廊下へ向かい足を進めた。

「案内していただけますか？」

「は、はい。こちらです」

ジェフはすぐにティーリアの前に立つと、歩幅を合わせるようにゆっくりと進んでいく。職務に忠実な騎士そのものだ。

「騎士様は、あの後……不審者を見つけることができましたか？」

ティーリアはデビューの日に会ったジルのことを思い出していた。

スピリチュアル系暗殺者のジル。ジェフは彼を探していたけれど、その後どうなったのか聞いていない。

「いえ、捕獲することは叶いませんでした」

「そうでしたか」

「その……あの時は失礼しました。公爵令嬢とは知らず、不躾《ぶしつけ》な真似をしてしまいました。その上俺は……」

「騎士様。私は全く気にしていませんので、大丈夫ですよ」

ティーリアはあの夜のジェフの行動を思い出そうとするけれど、あの日はアーヴィンに初めてを奪われてしまった日だ。

その体験が強烈すぎて、ジェフのことはあまり記憶に残っていない。

「なんと……やはりあなたは女神様だ……」

「何か？」

「いえ、失礼しました」

何かを呟いていたようだけれど、ティーリアにははっきりと聞こえなかった。

そのまま廊下の奥にある国王の部屋にたどり着くと、ジェフが扉の前に立つ護衛に声をかける。

すると待ちかねていたのか、すぐに扉が開かれた。

◆

アーヴィンは荒涼とした戦場を見渡す丘の上に立っていた。

スギリル帝国の無謀とも言える開戦宣告。余裕と思っていたが隙を突かれ、ダフィーナ国の兵士が予想外に押されている。

——このままではマズいな。

向かうところ敵なしと言われる魔道騎士でも、スギリルの兵士をせん滅することはさすがに難しい。自国の戦力を全て投じれば、他国がダフィーナ国に攻め込むのは目に見えている。

王都は遠いといっても、国が崩れる時は早い。

ティーリアを守るためにも、一刻も早くスギリルの侵攻を止めなければならない。兵力の違いからして、スギリルが白旗を上げるのはすぐと思われたが……予想外に攻めてくる。

「殿下、そこにおられましたか！」

「ここは戦場だ、殿下呼びは止めろと言っただろう」

「はっ、申し訳ありません。では、隊長、現在の戦況報告をするようにと騎士団長から伝言が届きました」

「……わかった」

戦場で総指揮をとっているのは騎士団長だ。

アーヴィンは兵士を束ねる部隊長に過ぎない。けれど皆、彼が第二王子であり絶対的な強さを持つ魔道騎士であることを知っている。

アーヴィンが本気を出せば、敵陣を焼き払えると思われていた。だが――

――そんなに簡単なことではない……

炎を扱う自分は強い。しかし、万能ではない。何千、何万人もの敵を一人で打ち払うことは難しい。さらに、腰抜けの騎士団長は足を引っ張る真似しかしない。

くすみ始めた金色の髪をかき上げたアーヴィンは、朝焼けに染まる平原を見渡した。明日もまた、朝日を見ることができるだろうか。

大丈夫だ、ティーリアが力をくれる。

彼女に渡した指輪を通じて、浄化の力が身体を巡る。戦場であっても魔毒に侵されずに済んでいるのは、彼女のおかげだ。それに、質のいい浄化ポーションが届くようになった。

「よし、本部へ戻る」

「はっ」

預けられた部下達を犬死にさせないためにも、この戦いに勝たなくてはいけない。

アーヴィンはゆっくりと昇る朝日に背を向けると、靴音を鳴らしながら歩いていった。

「団長、では俺の部隊を前線に送ると？」

「そうなるな」

騎士団長は手元にある紙をくしゃりと握った。

アーヴィンが戦況報告を終えると、次の総攻撃の話となる。

今、この基地にある兵士を全てかき集めても一万、かたやスギリル帝国の兵は推定三万。開きがありすぎるため、現時点での攻撃は無謀とも言える。

——何か、命じられたのか？

無能ではあるが、騎士団長も阿呆ではない。

戦況を鑑《かんが》み、兵を進める時期ではないとわかっているはずだ。それにもかかわらず、攻撃を決めたということは……何か大きな力が働いた可能性がある。

アーヴィンは腕を組み直した。兵を動かすからには責任が伴う。

わざわざ負け戦を仕掛ける気はないが……勝機がないわけではない。特にアーヴィンの率《ひき》いる部隊は精鋭ぞろいだ。通常の兵士と違い、魔道騎士との戦い方にも慣れている。

「わかった。俺が前に出よう。そうすれば兵士達も奮《ふる》い立つだろう」

逃れることのできない、王族としての役割。

しかしそれは、常に危険との隣り合わせだった。

総攻撃の日になると、作戦通りアーヴィンの部隊が前線に配置される。

だが、山間部で奇襲され、兵士が分断してしまう。残った部隊で引き返そうにも、後ろから敵兵が襲いかかってきた。

「仕方がない。俺が囮《おとり》となるから、お前達は隙を見つけて本部へ戻れ」

「っ、それはっ、隊長！」

アーヴィンは馬上で兜を取ると、金色の髪をひと房剣で切る。それを部下に渡し、これが最後と覚悟をして言葉を託した。

「俺がすぐに戻らなかったら、これをティーリアに渡してほしい」

「……隊長」

「大丈夫だ、俺は最強の魔道騎士だろう？」

金色の髪を布でくるみ、胸元に入れた部下は涙ぐみながら敬礼する。

「わかりました、隊長の命に従います」

「行けっ！」

「はっ」

部下達は一団となって走り去っていく。

アーヴィンはその場に残り、炎の輪を作り仕掛けを作る。炎の魔術は味方も焼き払うため、部下が一人も残っていないのは好都合でもあった。

崖の上から火の矢が飛んでくるように仕掛けておけば、部隊が残っていると思うだろう。

「よし、これでいい」

顔を上げると、敵の部隊が今にも襲いかかろうとしている。

一人でこの人数を相手にするのは、さすがに初めてだ。だが――負けるわけにはいかない。

砂を含む風が巻き上がり、アーヴィンの視界を遮《さえぎ》ったのだった。

◆

案内された部屋に入ったティーリアは、動揺を表に出すことなく進んでいく。突き当たりの豪奢《ごうしゃ》なイスに座る国王の前で優雅にカーテシーをすると、正面を見上げた。

「陛下、本日はおめでとうございます。陛下の生誕された日を共に喜べますこと、嬉しく思います」

「うむ。今宵は私の生誕記念ではあるが、そなたを呼んだのは他でもない。アーヴィンのことを知らせるためである」

ティーリアはゴクリと生唾を呑み込んだ。

このような別室に呼び出されたのは、予想した通り彼の件だった。嫌な内容でないように、と祈りつつ顔を上げる。

「はい」

「アーヴィンとそなたの婚約を、いったん白紙に戻す」

一瞬、ティーリアの目の前が暗くなる。

トクトクトクと鼓動だけが聞こえてくる。そんなばかな、と困惑した表情を浮かべる。

「……それは、どういうことでしょうか」

「アーヴィンは敵に捕虜《ほりょ》として捕らえられておる。そして敵国から封書が届いた。どうやら、スギリルの皇女がアーヴィンを見初《みそ》めたらしい」

「そんな……では」

敵国は皇女の願いを叶えるために、ダフィーナ国がアーヴィンと皇女との結婚を承諾すれば、ただちに兵を引き上げるという。

「そなたはアーヴィン第二王子の婚約者であったが、本日をもって婚約を解消する。王子はスギリルの皇女と婚姻を結ぶことになる」

「そんな……！」

「エヴァンス公爵令嬢。そなたはもう、アーヴィンの婚約者ではない」

「陛下……」

——婚約破棄。

突然の宣言に頭が追いつかない。アーヴィンが見初《みそ》められたと言うけれど、本当だろうか。彼がスギリル帝国の皇女と結婚すれば、戦争が終わるというのか。

「陛下……アーヴィン殿下も納得されているのでしょうか」

認められない気持ちが先走り、ティーリアは非難めいたことを口にしてしまう。すると王は、小さな箱を恭《うやうや》しく取り出した。

「実は王宮にこれが届けられた。あやつの髪の一部で、そなたに渡すようにとの伝言があった」

国王はティーリアに箱に入った金色の髪の束を見せた。戦場で髪の束を残す、それは死を意味している。

ティーリアは息を止めた。

「辛いかもしれぬが、王子はもう死んだものと思うように。スギリル帝国は女系ゆえ、王子が婿入《むこい》りすることになる。あやつがこの国に戻ることはない」

こうなると項垂《うなだ》れるしかない。どうあっても、ティーリアの婚約破棄を覆《くつがえ》すことなど、できそうにない。

——そんな、私は捨てられたというの……？　アーヴィン様に？

金色の髪を思い出しながら、ティーリアは涙を堪《こら》える。王の前で泣くのは、不敬になるからだ。

俯くティーリアに向けて、王は非情にももう一つの命令を下す。

「代わりにそなたには、王太子妃となってもらう」

ハッとしてティーリアは顔を上げた。

王太子妃とは、どういうことだろう。ジュストーと結婚しろと言うのだろうか。

「陛下、それは」

さすがに声を上げてしまう。弟の婚約者であった令嬢を、ダメになったからといって兄の方に宛《あ》てがうなんて。

何より王太子であるジュストーが承諾しているのだろうか。常に女性を侍《はべ》らせている彼が。

だが、その疑念も次の一言で消えてしまう。

「これまで王子妃として教育を受けてきたそなただ。王家に迎え入れること、ジュストーも望んでおる。そうであろう？」

「はい、陛下」

するとジュストーが銀色の髪を揺らしながら現れた。

凛としながらも、相変わらず何を考えているのかわからない瞳をして、一歩一歩ゆっくりとティーリアに近寄った。

「ティーリア殿、今は驚きが大きいと思われるが」

ジュストーにうろんな目で見つめられ、ティーリアは言葉を失くし顔を青くした。

すぐ傍に立った彼は、跪《ひざまず》くとティーリアの手を取って恭《うやうや》しく口づける。

「どうか、弟の代わりに私と結婚してほしい」

「そんな……私」

国王に命じられ、王太子に跪《ひざまず》かれて断ることなど、到底できない。それでも気持ちが追いつかなくて、ティーリアは口をキュッと結んだ。

「君が弟を愛していたことは知っている。だが、彼は国のためにスギリル帝国へ行くと決めた。どうか、その想いを無下《むげ》にしないでほしい」

「殿下、それでも……あの」

今はただ、アーヴィンのことで頭がいっぱいになっている。それなのに、王太子妃になることをすぐに承諾などできない。

下を向いたティーリアに、ジュストーは声をかけ続けた。

「そもそも、君と婚約するのは私のはずだった。アーヴィンが無理を言い私から奪ったのだから、正しい形に戻すだけだ」

瞳を陰《ぐら》らせ、ほの昏い声で伝えてくる。彼はいかにこの結婚が正しいのかを説いた。

確かに、王妃にはエヴァンス公爵家の後ろ盾のある方が安定するだろう。

アーヴィンとの婚約がなくなれば父はきっと、王家との繋がりを得るためにジュストーと結婚しろと言うに違いない。

彼は口説いてくるけれど、瞳の奥が闇に染まっていて気持ちを読めない。その声を聞いていると鉛《なまり》を呑み込んだように身体が重くなっていく。

彼の冷たい手がティーリアの手を握りしめた。剣だこも何もない、つるりとした美しい手。アーヴィンの無骨な手とは全く違う。

——嫌っ！

ぞわりとした気持ち悪さが全身を走ると同時に、バチッと閃光が指輪から放たれる。

「っ、くっ」

アーヴィンの魔術がジュストーを攻撃し、彼は手を引いて顔を歪《ゆが》める。

ティーリアはサッと指輪をはめている手を隠すように後ろに回した。王太子に不敬を働いたと責められても仕方のない動きをしてしまった。

だが彼は、攻撃されたことを気にする様子もなく立ち上がると、口角をくっと上げた。

「あなたを屈服させるのは、面白そうだ」

不敵に笑う彼にティーリアは心が凍っていく。アーヴィンも相当に意地悪だが、ジュストーとは全く違う。

彼の言葉にはティーリアへの愛などない。

――こんな人との結婚なんて、絶対に嫌。

相手がアーヴィンでないことも耐えられない。いくら超絶美形であっても、アーヴィンでなければ身体を許すことなどできそうにない。

ティーリアはぐっと唇を噛みしめると、やっとのことで声を絞り出した。

「陛下、本日のところはどうか、一旦帰らせてください」

「うむ」

国王が鷹揚《おうよう》に頷くと同時に、扉が開かれる。

ティーリアは声を震わせながら「失礼します」と伝え、国王の前を退出した。ジュストーの顔を見るのも憚《はばか》られ、足早に部屋を出る。

扉の外には、行きと同じくジェフが立って彼女を待っていた。ティーリアがふらついているのを見るとすぐに「お帰りになりますか?」と声をかける。

「え、ええ。そうするわ」

「では、案内いたします」

おぼつかない足取りで廊下を進む。行きよりもゆっくりとした歩みとなったティーリアを気にして、前を歩くジェフは何度も振り返り様子を確認している。

国王の前から退出したことで、緊張感のゆるんだティーリアの頭の中では、一つの想いが繰り返されていた。

——私は本当にアーヴィン様に捨てられたの？　そんなこと、信じられない……

ひりつくような胸の痛みを感じ、ティーリアは足を止めた。

前に進まないといけないのに、悲しみで目の前が曇《くも》る。まるでナイフで切られたように、心が悲鳴を上げていた。

「どうされましたか」

歩みを止めたティーリアを心配したジェフは、今にも倒れそうな彼女の手に触れようと腕を伸ばした。

その瞬間、バチバチッと火花が散ってジェフの手が弾かれる。

「なっ、何がっ」

一瞬怯《ひる》んだけれど、さすがに訓練を受けている騎士である。ジェフはすぐに剣の柄《つか》に手を置いて身構えた。

「あなたでも……」

ティーリアは顔を上げてジェフを見つめた。

高潔な騎士と思っていたけれど、そんな彼にも防御の魔法が発動するということは……ティーリアに対し、良からぬことを思った証拠だ。

——そういえば彼も、攻略対象だったわね……

ゲームのシナリオでは、アーヴィンに婚約破棄された後のティーリアは酷い扱いを受ける。攻略対象の男性陣からも、様々な方法で凌辱《りょうじょく》されていた。

急に目の前にいるジェフが恐ろしくなる。攻略対象だから、いつシナリオ通りに豹変するかわからない。

「あ、あの……もう、大丈夫だから、近寄らないで」

「いえ、馬車乗り場までは送ります」

「それもいいから」

訝《いぶか》しげにしながらも、公爵令嬢に強く命じられては従わざるを得ない。

ジェフはその場で「はっ」と返事をすると真っすぐな姿勢で立つ。

ティーリアはスカートの端を持ち上げると、足を速めて歩き始めた。

婚約破棄となったことで状況が大きく変わり、さらに未来の王太子妃にと望まれている。

妊娠している身体の方は、まだ目に見える変化はない。けれど、時折体調の優れない日もあったから、このまま何もしないでいると、両親に妊娠のことが知られてしまうだろう。

――どうすれば、いいのだろう……

この身に宿るのは、紛れもなくアーヴィンの子どもだ。王家に知られた場合、産むことを許されるのかどうかわからない。

廊下を進んでいくと、一人の令嬢が歩いてくるのが見える。シャナティ・メティルバ男爵令嬢だ。

――なんで彼女がここにいるの？　会いたくなんて、ないのに……

ティーリアと目が合うと、シャナティは一瞬だけまるで苦虫を噛み潰したように顔を歪《ゆが》めた。

なんて失礼な、とムッとしたけれど彼女とはこれまで言葉を交わしたことがない。

今はヒロインである彼女のことを、知らないふりをしようかと思ったけれど、シャナティの方から声をかけてくる。

ティーリアはつい足を止めた。

「ごきげんよう、ティーリア様。こんなところで出会うなんて、奇遇ですわね」

「あなた……」

「失礼しました、私はシャナティ・メティルバと申します」

「……」

挨拶に応えることなく、身体の向きを変えて立ち去ろうとする。けれど、シャナティは諦めなかった。

「ねぇ、知っているんでしょ」

驚きながら振り向くと、シャナティは怒りの表情を露《あら》わにした。

「悪役令嬢のティーリア様。どうしてこんなことになっているの、おかしいでしょ」

「おかしいって、何が」

「断罪されて追放されているはずなのに……どうして」

「どうしてって。あなたの方こそ、王太子殿下の傍にいなくてもいいの？　隠しルートを攻略したのではなくて？」

敬意も何もない、攻撃的な言葉に思わずティーリアは応戦してしまった。

そもそも、彼女がジュストーの心をしっかりと掴んでいれば、こんなことにはならなかったはずだ。難しい王太子ルートに進めたのならば、自分ではなく彼女が王太子妃になればいいのに。

非難を匂わせ、震えた声で反応してしまう。

普段のティーリアであれば、落ち着いて対処することもできただろう。けれど今は、アーヴィンの件で大きく動揺していた。

ティーリアの発言は、自分が転生者であることも、乙女ゲームを知っていることも思いきり明らかにしている。

その発言を聞いたシャナティはやはり、と納得したように頷いた。

「やっぱり、ティーリア様も転生者なんですね？　そうだと思っていました。でないと、アーヴィン殿下がヤンデレじゃないなんて、おかしいって」

「そうだとしても……あなたに関係ないわ」

ふいっと横を向くと、シャナティはいきなり瞳を潤ませ始めた。ぐっと堪《こら》えるようにして、声を絞り出す。

「関係なくなんて、ないです！　私、私は……ジュストー殿下を狙っていたのにっ！　どうして悪役令嬢のティーリアが選ばれるの？　そんなの、おかしいのにっ」

「おかしいって、そんなこと……言われても」

「転生者だからって、シナリオからは逃れられないはずよ。隠しルートを開くために、わざわざアーヴィンルートを選んだ私の方が、ジュストー殿下の妃にならないといけないのにっ」

シャナティは鼻を啜《すす》り上げて泣き始めた。「これまでの苦労を返してよっ」と言い、悔しそうに目元を拭う。

「それに……もう殿下はこの身体を気に入って離さないの。シナリオの強制力もあるんだから。無視しても、運命には逆らえないのよ」

彼女の言葉がまるで金づちで殴られたかのように頭に響く。

運命《シナリオ》には逆らえない――確かに、細部はいろいろと変化しているけれどシナリオ通りに進んでいる。

舞踏会デビューの日にアーヴィンに初めて抱かれた。シナリオでは凌辱《りょうじょく》されるシーンだったが、無理やりではないけど純潔を散らしたことは同じだ。

それにいくら止めてとお願いしても、アーヴィンはヒロインであるシャナティと噴水前で会っていた。そして次のイベントの喫茶店にも行っている。

何より、ティーリアは婚約破棄を言い渡された。アーヴィン本人からではないけれど、大枠ではシナリオ通りに進んでいる。

そして近づいてくる攻略対象達。このまま進めば、彼らに言い寄られて凌辱《りょうじょく》される可能性がある。そうなったら、この身に宿る赤ちゃんを守ることはできないだろう。

「シナリオ通り……なのかな……」

ティーリアは偶然とは思えない事実に打ちのめされ、身体が震え始めた。

シャナティの言う通り、このままではティーリアは破滅に向かうのかもしれない。

「もうどこかに消えるか、ジュストー殿下のことはきちんと断ってください」

「……」

ティーリアは顔を青白くすると、こくんと小さく頷いた。

もう、声を出すこともできない。そのまま馬車乗り場まで振り返ることなく進んでいき、エヴァンス公爵家の家紋のついた馬車に乗り込んだ。

ぱたん、と馬車の扉が閉められる。

今夜はいろいろなことがありすぎて、少し頭が痛い。額を手で押さえながら、ティーリアは自分の左手の薬指にはまる指輪を見つめた。

まだ、指輪の魔力は生きて――傍にいる。

ティーリアはいつものように指輪にキスをしつつ祈りを込める。アーヴィンの身体が癒やされますように。魔毒に侵されませんように。

彼との婚約破棄はショックだけれど、祈ることを止められない。まだ、彼が結婚したわけではないから、こうしても許されるはずだ。

――アーヴィン……アーヴィン！　あなたにもう会えないなんて……嘘だと言って……

ティーリアは薬指にはめた指輪に口づけながら、眦《まなじり》から涙を零《こぼ》した。

王宮から公爵邸に帰ると、ティーリアは自室に閉じ籠《こ》もる。

――とにかく、お腹の中の赤ちゃんのことを考えなきゃ……

今日の様子からすると、シャナティはティーリアが妊娠していることに気がついていない。そしてシナリオにはそんな描写はどこにもなかったから、先が読めない。

それでも、このままでは破滅が待っているに違いない。ティーリアはお腹に手を当てると、誓うように呟いた。

「あなただけは守るからね……大丈夫。パパにはいつか、会えるから」

アーヴィンのことだから、簡単に自分を諦めるとは思えない。けれど、隣国の皇女と結婚すれば戦争が終わるとあれば、頷いてしまうだろう。でも――

だからといって、自分がジュストーと結婚するのは違う。たとえアーヴィンとの未来がなくても、この身体を他の男に触れさせたくはない。

――それに、ジュストーはシャナティのことを好きなのだろうし……

彼女は既にジュストーと身体の関係があることを匂わせていた。シナリオ通りに進むのであれば、シャナティは隠しルートを開いているはずだ。

――アーヴィン……私、どうしたらいいの……？

左手の薬指にはまる指輪は、魔力を持ったままだ。その証拠に攻略対象達を弾いていた。魔力があるということは、彼はまだティーリアが指輪を着けているとわかっている。

もう死んだものだと思って諦めるなんて、できない。

ティーリアは指輪のある方の手をぎゅっと包み込む。捨てられたのかもしれないけれど、きっと彼の本意ではない。

だから……今、できることを決断する。

——逃げよう。ここから、一旦離れよう。

このまま公爵邸に留まっていては、ジュストーと結婚させられてしまう。妊娠が知られると、父のことだから王家に伝え、すぐにでも王宮に連れていかれるだろう。そうしたら逃げることはできない。

なんと言っても、この子には王族の血が流れている。弟の子であっても、ジュストーの子どもとして扱われる可能性がある。なぜなら王家は後継ぎを求めているからだ。

そんなことになったら、もうアーヴィンに顔向けできない。

攻略対象達もそうだが、ジュストーは特に恐ろしい。何を考えているのかわからないところがあり、アーヴィンも近寄るなと言っていた。

こうなったら、逃走計画を進めなくては。

ティーリアはクローゼットにしまっていた鞄を取り出すと、必要な物を詰め込み始めた。この他にも、大切なものは一つにまとめて置いてある。

その日は深夜遅くまで、ティーリアの部屋の明かりがついていた。


朝から土砂降りの雨が降っている。ティーリアは暗い空を見上げながら、公爵邸を出るのは今日にしようと決めた。

まさかこの雨の中を出ていくとは、誰も思わないだろう。それに、捜索されても足跡や匂いを雨が消してくれる。

侍女には「今日は部屋に籠《こ》もるわ」と伝え、ティーリアは扉に鍵をかけた。

身体を冷やさないように服を重ね、皮の素材でできたコートを着て背中についていたフードを被る。この日のために、以前取り寄せていたものが役立った。

ティーリアはいつものように窓から下りると、裏門を開けて外へ出る。二度と帰ることはないかも、と思いながら最後に一度だけ公爵邸を振り返った。

重厚な造りの邸宅だ。白い壁が今は雨に打たれその色を暗くしている。

自分が姿を消すことで、両親も心配するだろう。

けれど、ジュストーとの結婚を回避するにはこれしかない。娘が失踪したとなれば、さすがに王家も諦めるだろう。公爵家にも、さほど影響はないはずだ。

ティーリアは気持ちを振り払うように身体の向きを変えると、大通りを目指して歩いていく。荷物を背負い、パシャン、パシャンと道に溜まった水を踏みながら進んだ。

頬を伝う涙は雨と一緒に流れていく。強くなりたい、いや、このお腹の子のためにも強くならないと。

覚悟を決めたティーリアは、エヴァンス公爵邸から姿を消した。

夕食の時間になっても部屋から出てこないティーリアを心配して、鍵を開けて確認した時にはもう既に抜け出した後だった。

周囲一帯が捜索されるけれど——彼女の足取りを誰も見つけることはできなかった。

灯台下暗し、という言葉を思い出したティーリアは、隣国へ行く計画を変更して王都の隅にあるギルドの近くに住むことにした。

前世は庶民とはいえ、この世界では公爵令嬢だったから、どうしても世の中のことに疎《うと》い。それに妊娠した身体で見知らぬ土地に行くのも怖かった。

時折訪れていたギルドの近くは商店街もあり賑わっている。濡れた身体でギルドを訪れ、ギルドマスターのロデオにかけあった。

「どうしたリア？　そんな濡れネズミみたいな格好で」

「お願いがあるんだけど……これから、薬師として生きていこうと決めたの。だから」

「ああ、話は奥で聞こう」

事務所の部屋に通され、ようやく人心地がつく。温かいお茶を出され、喉に流し込むと身体が温まってきた。

「で、家を出て薬師として暮らしたいんだって？　そりゃ、ギルドとしてはありがたい話だが……いいところのお嬢様なんだろう？　リアは」

「彼が戦争に行って、婚約破棄されたの。……でも、どうしてもこの子を産みたくて。このまま家にいたら、中絶させられるか、他の人のところに嫁《とつ》がされるから」

「そうか、そりゃ辛かったな」

お腹を押さえながら伝えると、ロデオは妻のエルデを紹介してくれた。二人の子ども達はもう独立しているからとティーリアを家に迎えてくれる。

お礼代わりにギルドと専属契約を結び、浄化ポーションを卸《おろ》すことにした。

量を増やしたおかげで取り扱い先が増え、ティーリアの作る『浄化ポーション』は高値で取引されるようになった。

「リアの作るポーションは、本当に凄い効き目だな……魔毒が一発で浄化されたって噂だ」

「ほんと？　それなら良かった」

ロデオから褒めてもらい、ティーリアはホッとする。

人の役に立てることが嬉しい。少しでも、戦場で魔毒に苦しむ魔道騎士達を癒やしたい。それがアーヴィンを救うことに繋がるかもしれないと思うと、祈りにも力が入った。

娘とも孫とも言える年齢のティーリアを、エルデは殊《こと》の外《ほか》可愛がった。

これからは一人でなんでもできるようになりましょう、と言って服の洗濯や料理を教えてくれる。

ティーリアは生きていくための技術を教わりながら、子どもを産む準備を進めた。

外に出る時は、公爵令嬢とわからないように服装はあえて地味なものを選ぶ。

茶色のエプロンドレスを着て髪を一つにくくると、隠しきれない品格もあまりなかったから、街中にいる庶民に完全に紛れ込むことができた。

あまりにも馴染《なじ》みすぎたのか、公爵家から放たれたであろう捜索隊に見つかることもなかった。

◆第六章

——それから、時は瞬《またた》く間に過ぎていく。

公爵邸を逃げ出してから、二年の月日が経った。

その間に息子のクリストファーを出産したティーリアは、ロデオ達の家の近くに一軒家を借り、赤ちゃんと二人暮らしをしている。

スギリル帝国との戦争は続いているが小康状態となっていた。

けれど前線から離れた王都は、この国が辺境で戦争をしているのを忘れるくらいに賑わっている。

ギルドも以前のように、冒険者で溢れていた。

不思議なことに、アーヴィンが敵国の皇女と結婚したという話はいつまで経っても流れてこない。

ジュストーの方も、結婚はおろか婚約したとの噂も流れない。未だに自分のことを狙っていると も思えないけれど、どうなっているのだろう。

幸いにも、ティーリアの実家であるエヴァンス公爵家にはお咎めもなかったようだ。

こうなるとアーヴィンの行方《ゆくえ》が気になってしまう。

あの時、国王は『アーヴィンは敵国の捕虜《ほりょ》となった』と言っていたけれど……拘束《こうそく》されたままなのか、解放されたのか。社交界を離れたティーリアには知る手段がなかった。

けれど指輪の魔術はティーリアをずっと守っている。

そうなるとアーヴィンのために、毎日朝と夜の浄化を祈り続けることを止められない。

いつかきっと、彼にまた会えるとティーリアは信じて日々を過ごしていた。


「ねぇ君。どう？　この後俺と食事に行こうよ」

「あ、ごめんなさい。家で息子が待っているんです」

「ちっ、なんだよ……子どもがいるのかよ」

身体に触れさせないようにして、ティーリアはギルドのある建物の外に出た。

悪意や、いやらしいことを考えている人に触られると、アーヴィンの魔術で相手を痛めつけてしまう。

余計な争いごとを避けるために、ティーリアは普段から気をつけて生活していた。

紅赤色の髪を隠すように頭巾を被り、大きな黒縁メガネをかけている。子どもを産んだ後も変わらない抜群のスタイルを隠すように、いつもダボッとしたポンチョを着ていた。

「ポーションも納品できたし、買い物して帰らなきゃ」

呟きながら街を颯爽《さっそう》と歩いていく。ティーリアはギルドの帰りに市場に立ち寄ると、新鮮な野菜と果物、肉や魚を購入する。

持ちきれない分は配達を頼み、値切るのも慣れたものだ。

公爵邸から持ち出した自分の宝飾品は、いつかクリストファーが必要となった時のために取ってある。

ギルドに貯まっている資金も、なるべく手をつけないようにしていた。母子二人だから、いつ何があるかわからない。

時折左手の薬指にある指輪を撫で、アーヴィンのことを思い出す。

金色の髪に、紺碧《こんぺき》の瞳。爽やかな笑顔に、自分を見つめる熱を孕んだ瞳。その全てが愛おしく、懐かしい。

けれど、未だに人々の口に彼の名が上ることも、新聞に載ることもない。まるで存在そのものが消されたかのように静かだった。

——アーヴィンは、どうしているのかなぁ……

市場を歩いていると、仲の良さそうな親子がティーリアの前を通り過ぎていく。

赤子を抱えた男性が、妻と思《おぼ》しき女性の手を握って歩いていた。朗《ほが》らかに笑う女性は、きっと夫である男性に大切にされているのだろう。幸せに溢れた顔をしていた。

——私もアーヴィンと、あんな風に歩きたいなぁ……

もしも、彼が皇女と結婚していなければ、いつかまた会えるだろうか。

けれど、このまま忘れ去られるかもしれない。

両親の家を離れた娘が清い身体のままでいるとは思わないだろう。そんな自分を、アーヴィンは許さないかもしれない。

でも……彼の心臓を握る指輪が手元にある。これは彼と自分を結ぶ唯一の絆《きずな》になっていた。

捨てられるにせよ、ティーリアを探し出し指輪を取り戻しに来るだろう。その一瞬だけでもいいから、彼に会いたい――

アーヴィンのことを思い出すと、すぐに涙目になってしまう。

でもクリストファーの前では泣かないと決めていた。父親がいなくても、かわいそうな子だと思われたくない。そのためには、自分が強くならなくては。

頬を流れる涙を拭ったティーリアは、顎をくっと上げて前を向いた。

――がんばろう。私がクリスを育てないと。

通り抜けていく風を乾いた頬に感じながら、ティーリアは早足になって駆け出した。


「ただいまぁ！　クリストファーはいい子にしてた？」

小さな庭のある一軒家の扉を開けると、途端に焼き菓子の匂いがする。

近所に住むエルデに子守りを頼むと、いつも台所でお菓子を焼いてくれた。

「今日は早かったのね」

「うん、買い物もいっぱいしたけど、持ちきれなかったから宅配を頼んだの」

「あら、それなら便利ね」

母親と大して変わらない年齢のエルデに、ティーリアは随分と助けられている。クリストファーを産む時は、産院まで来て傍にずっといてくれた。

彼らがいなかったら、赤ちゃんを無事に産むことができたのか、わからないくらいだ。

今も時折ギルドに出かけるティーリアの代わりに、まだ一歳を過ぎたばかりの息子の面倒を見てくれる。

ロデオとエルデはクリストファーを孫のように可愛がってくれていた。

「エルデ、今日は何を焼いたの？　すごくいい匂いがする」

「今日はふわふわのチーズケーキだよ。これならクリスも手掴みで食べられるからね」

「わぁ、美味しそう！」

離乳食が進んで、手掴みで食べるのが面白い頃だ。なんでも口にするので目が離せないけれど、魔道具を上手に使えば育児は一人でもどうにかなっていた。

赤ちゃんのクリストファーと二人きりになることが多いから、防犯にも気をつけている。

家の周囲の柵や、玄関扉、窓にも防犯用の魔道具をつけた。ティーリアが許可しない者が入ってくれば警報音が鳴り響き、家の中に侵入すれば電撃が走る作りだ。

これまで貯めていたお金を使って、安全を買った。

といっても庶民が用意できる魔道具だから、魔術師や騎士が来ればひとたまりもない。

でも、公爵令嬢であった頃ならともかく、庶民のふりをしている今のティーリアを狙う者などそうそういない。

「ほら、クリストファー。ほかほかのおやつだよ」

蜂蜜色の髪に紺碧《こんぺき》の瞳。くりっとした瞳はティーリアに似ているが、それ以外はアーヴィンにそっくりだ。

手を伸ばした彼は、机を叩きながら「あー」と声を出す。口をぱかっと開けた隙に、ふわふわのケーキの欠片を入れた。

もぐもぐと美味しそうに口を動かすと、ぱあっと笑顔を見せて喜んでいる。

どうやら気に入ったようだ。

「あー、良かった。クリスは食べたくないと、すぐぺって出しちゃうからね」

口の周りを布で拭くと、今度は自分で食べたいのか手を伸ばしてくる。

汚れてしまうけれど遊び食べも大事だし、小さな子が食べている姿はいつまでも見ていられる。

――本当に、アーヴィンそっくりで可愛いなぁ……

台所の片付けを終えたエルデは、チーズケーキの半分を箱に入れた。

子守り代も払っているけど、食べきれないお菓子は彼女が持ち帰ることにしている。ちょっとしたお礼代わりだ。

「リア、私はそろそろ帰るからね。戸締まりをしっかりするんだよ」

「うん、エルデ。今日もありがとう」

彼女は前掛けを外すといつもの場所にしまいながら、「そう言えば」と話し始めた。

「うちの人が言っていたけど、辺境で大きな戦闘があったみたいよ。一面が火の海になったらしいわ。もしかすると、第二王子が復活したのかしらね」

「えっ」

ギルドにはギルドの情報網があるから、スギリル帝国の情報も時折入ってくる。

中には戦闘員だった人が冒険者に戻ることもあり、彼らからの情報をティーリアは心待ちにしていた。

――本当かな。アーヴィンなら、確かに炎を扱う魔術に長《た》けているけど……

つい、無意識のうちに薬指の指輪に触れてしまう。この二年間、アーヴィンのことを忘れた日はない。

けれどもその一方で、公爵令嬢に戻ることは考えられなかった。

なぜなら今の生活がやけに肌に合っている。自分のことは自分でする――令嬢時代とは丸っきり違う、まるで前世のような生活にティーリアは苦労よりも楽しみを見出していた。

生活費は浄化ポーションを売ることで十分賄《まかな》えている。

料理も洗濯も赤ちゃんの世話も、基本的には自分でしないといけないけれど、一人で暮らしていることが自信に繋がった。

――それになんといっても……走ることができる！

ティーリアは公爵令嬢時代にはできなかった、庶民のマラソン大会に参加していた。

妊娠中は控えたけれど、産後は赤ちゃんをエルデに預け、積極的に走っていた。

最初はストレス発散のためだったけれど、今は違う。長距離マラソンを走りきることはティーリアにとって、新たな目標になっていた。

――だから、もう……貴族令嬢になんて、とても戻れないな。

令嬢は淑女であるべき。かつてティーリアは『走り込み令嬢』とからかわれたけれど、所詮《しょせん》貴族のお遊びだった。

以前は広大な屋敷の中を走るだけで、人々の声援を受けて走ったことはない。

エルデの後押しもあって、つい先日大きなマラソン大会に参加した。そこでティーリアは幼い頃から鍛えた健脚を初めて披露《ひろう》した。

――あれは……気持ち良かったなぁ……！

普段は馬車の通る道を人が走っていく。ドンドン抜いていった先には、先頭集団が走っていた。駆け引きなど何も知らないティーリアは、ひたすら後をついて走る。そして最後の瞬間――抜かしてしまおうかと思ったけれど、目立つことはしたくない。

結局、十三位と不本意な結果だったものの、面白いことに変わりはなかった。自分が、生まれ変わったようだった。

乙女ゲームのシナリオには、悪役令嬢が子どもを出産するエンドはない。アーヴィンがいないまま赤ちゃんを産み、人生は決してシナリオ通りに進まないとわかった。

何をあんなにも恐れていたのだろう。ティーリアは出産し、自分で暮らし、走ることで初めて自分の人生を取り戻せたように感じていた。

それに、クリストファーという宝物が傍にいる。たとえアーヴィンがいなくても、赤ちゃんが生まれてからは寂しいと感じる暇はなかった。

ただ、クリストファーは魔力が強いのか、魔毒酔いと思われる症状が時折見られた。

その度《たび》にティーリアは浄化を祈る。すると魔毒が消えるため、今のところクリストファーはすくすくと育っていた。

でも、そろそろ彼のために魔術の指導ができる人を見つけないといけない。幼い頃に、魔力を暴発させて事故になることもあるからだ。

こんな時だけは、ティーリアはため息をついてしまう。

庶民の間にいると、魔術師のことなど何もわからない。ロデオであっても、偏屈な人物が多いと言われる魔術師を誰一人として知らなかった。

——どうしたらいいのかなぁ……

「ね、クリス。あなたのパパがいれば、こんな悩みはすぐに解決しちゃうのにね」

ケーキを食べることに夢中になっている息子は、机の上をケーキだらけにしている。ティーリアはふぅ、とため息をついた。

いくらこの生活が楽しいといっても、母子だけの暮らしはそんなに甘くない。

幸い、浄化ポーションは高値で売れるから収入には困らないけど、戦争が終わればどうなるかわからない。

それに、将来のために少しでも貯めておきたかった。

着古した服に履《は》きつぶした靴。爪の手入れもできなくて、かさついた手。香油をつけることのない髪は、パサついている。

それでも可愛い息子と一緒なら、苦労も苦労と思わない。贅沢《ぜいたく》な暮らしに戻ることでクリストファーと引き離されるなら、辛くとも今の暮らしの方が断然いい。

机の上を片付けなくては、と立ち上がったところで玄関のベルが鳴った。

警報音が鳴らないため、知り合いに違いない。

「はーい、宅配の人かなぁ」

ティーリアが扉を開けると、意外な人物が立っていた。

「ジル！　久しぶりね、どうしたの？」

「どうしたのって、やっと王都に戻れたから会いに来たのに」

「うん、それはありがとう」

普通の旅人の姿をしたジルは、相変わらず少年のような風貌をしている。

背はティーリアより高いけれど、可愛らしい美少年の姿だ。しかし暗器を持った彼は誰よりも恐ろしい。

逃げ出したからには攻略対象達に会いたくなかったが、彼はティーリアを探し出した。この家を訪れ再会した日に、慄《おのの》くティーリアを前にして彼は言った。

『君はさぁ、僕の貴重なスピリチュアル仲間なんだから！　もっと前世のこと、教えてよ！』

『はぁ？　私のことを追いかけたのって、それが理由？』

『そうだよ、それに君の指輪。そんなのをつけている人に触れることなんてできないよ。その気もないし』

どうしたことか、ジルにスピリチュアル系と認定されたティーリアは、それまで誰にも話さなかった前世について語ることになる。

呆れることもなく、ジルは面白そうに聞いていた。乙女ゲームの話をすると、とても興味深そうに頷いていた。

しばらくすると、彼はティーリアに貴族の情報を伝えてくれるようになった。

特に社交界から離れてしまった今、王宮について教えてくれるのは彼しかいない。

『王太子もさぁ、あれだよね。なんだっけ、君の言葉だと『クズ男』だっけ』

『そうね……未だに結婚していないんでしょ』

『相手には困ってないみたいだよ。君の友達のシャナティだっけ、彼女もまだ諦めてないみたい』

『……友達じゃないわよ』

時折、彼の理解は普通とは違うけれど、相手をするうちに慣れてしまった。

赤ちゃんと二人きりでいると、おしゃべりする相手がいない。そうした時、気ままに訪ねてくるジルの存在がありがたかった。

こうしてふらっと家に来る彼を、ティーリアは歓迎するようになっていた。

「しばらく見かけなかったけど、遠くに行っていたの？」

「ああ、ちょっと辺境まで呼ばれたんだけどさ。面白いものが見られたよ」

「面白いもの？」

彼の言う面白いものがティーリアにとって面白いとは限らない。

むしろその逆であることの方が多い。感性が違うとここまで違うのかと思ってしまう。それでもジルはティーリアにはなんでも話せるのか、会うといつも多弁になる。

彼はダイニングテーブルに近づくといつも通りクリストファーの隣に腰かけた。ジルは案外子どもの相手が上手だ。

クリストファーが遊びたそうにしているのを横目に、ジルは頬杖をついて話し始める。

「うん、ある人の暗殺依頼があったんだけどさぁ、絶対無理だって断ったんだよ。でも、どうしてもって言うから行ってみたら、案の定凄いことになってた」

「凄いって……辺境でしょ？　そんなところにまで行ってきたの？」

「うん。だってリアも聞きたいでしょ、彼のこと」

ジルはクリストファーの蜂蜜色の髪を撫で始める。

父親が誰かなんて伝えていないけれど、ジルは絶対にわかっている。指輪の魔力もそうだけれど、彼はどこかアーヴィンを恐れていた。

「……アーヴィン第二王子のこと？」

「当たり」

くすっと怪しげに笑った彼を目にして、ティーリアは後ろを向いた。アーヴィンのことを聞きたいけれど、もし彼の訃報《ふほう》だとしたら耐えられない。

喉がひりつき、涙が滲《にじ》みかけたところで玄関の防犯ベルがジリリと鳴り響く。

「誰っ？」

ティーリアは誰も入ることを許可していない。

不審者であれば簡単に入れないはずなのに、警報音が鳴り止まずバタンと扉が大きな音を立てている。

何者かが家の中に入り込んだのか、玄関から風が入り込んできた。

「クリストファー！」

侵入者から守るべきは息子だ。ティーリアはすぐに駆け寄ると、ぐずりかけていた彼を抱き上げた。

玄関扉の方を見ると、茶色い塊《かたまり》が動いている。巨大な人型をした泥人形が近づいてきた。

「ゴーレムか！　まずい」

ジルは顔色をサッと変えると殺気をまとい、臨戦態勢を取った。

懐《ふところ》に手を入れて飛び道具をゴーレムに投げつける。だが、泥の身体に穴が開くだけですぐに塞がった。

ずりっ、ずりっと人の背ほどの大きさになったゴーレムが近づいてくる。目的はティーリアなのか、右に、左に移動して攻撃を仕掛けるジルのことは無視していた。

「ティーリア、ごめん。僕の攻撃は人間専門なんだよ」

さすがの凄腕暗殺者も、泥人形《ゴーレム》が相手では分が悪い。にじり寄ったゴーレムは、ティーリアを拘《こう》束《そく》しようと腕を伸ばしてくる。

青い顔をしたジルを見て、ティーリアは叫んだ。

「お願い、クリスと一緒に逃げて！　私が目的なら……この子だけでも、助けて」

「おいっ、ティーリア！」

ティーリアは浄化の力を持つ薬師だから、攫《さら》いたいと思う悪人もいるだろう。

それならばクリストファーは関係がない。息子だけでも無事でいてほしいと、ティーリアはジルにクリスを手渡した。

「ちょっ、ティーリア！」

「お願い、エルデのところに連れていって！」

クリストファーは状況がわからずポカンとしている。ティーリアは頭を撫でると、サッと向きを変えてゴーレムから逃げるように窓に向かって走り出した。

動きの遅い相手だから、『走り込み令嬢』のティーリアが本気で走れば追いつけないだろう……と思ったけれど。

口らしきところを開けたゴーレムから、泥団子がひゅんっと飛び出してくる。

ティーリアの肩に当たると、べちゃっと茶色い物体が広がった。

「いやぁっ」

窓枠に手をかけたまま、ティーリアは固まった。

こうなると、クリストファーだけでも確実に逃がしたい。ジルの方を向くと、彼も同じことを思ったのか赤ちゃんを抱いたままコクンと頷いた。

ゴーレムの目的がなんなのかわからないけれど、ジルが逃げる間だけでも自分の方に引きつけておかなければ。ティーリアは肩で息をしながらゴーレムを睨みつけた。

再び泥団子を投げようと口が開いた瞬間、ティーリアは左側に飛びのいた。

飛び出してきた泥団子は、今度は彼女に当たることなく壁にバシャッと打ちつけられる。

「なんなのよ……」

ゴーレムは創った者の指令しか聞かない。意思を持たず、命じられたことを忠実に遂行する泥人形だ。

肩に張りついた泥が蠢《うごめ》いて気持ちが悪い。

それでも息子が心配になりティーリアが顔を玄関に向けたところで、ゴーレムは素早く腕を伸ばした。

「きゃああっ」

一瞬動きが止まった隙に、ゴーレムの腕が足に絡みつく。

引っぱられたティーリアが尻もちをつくと、ずりっ、ずりっとゴーレムが這ってきて覆い被さろうとした。

——いやぁっ、アーヴィン！　助けて！

無意識に左手の指輪を顔に引き寄せ、願いながら口づける。目をギュッと閉じた途端、玄関の方から眩い光が溢れ出した。

光はまるで刃のようにゴーレムを切り裂いていく。

幾筋もの光がゴーレムに触れる度《たび》に、粘土が切り刻まれるように小さくなって泥となる。

べちゃ、どちゃっと粘《ねば》ついた音をして床に落ちたかと思うと、最後はしゅうっと黒い煙を立てて消えてしまった。

何が起きたのかわからず、ティーリアは呼吸をはぁはぁと整えながら周囲を見回した。

すると玄関に、ジルとは違う背の高い男性が立っている。

ティーリアは息を呑んだ。

扉からは日差しが入り、逆光になって侵入者の顔がはっきりとわからない。

けれど、見惚れるほどの体躯にすらりと高い背。片側にだけかけた短いマント。太陽のように輝く金色の髪。この姿をした人をティーリアは一人しか知らない。

トクトクと鼓動が鳴る。男のシルエットが揺れた途端、眦《まなじり》から涙が零《こぼ》れ落ちた。

――アーヴィン、やっぱり生きていた……！

待っていた、いつか会えると信じていた彼が帰ってきてくれた。

胸を突かれ、感情がくっと込み上げるのと同時に、ティーリアはしゃくり上げる。

――良かった……！

再び会えたら伝えたいことがいっぱいあったのに、何も言葉にならない。立ち上がりたいのに、腕にも足にも力が入らない。

濡れた瞳で顔を上げると、アーヴィンはクリストファーを抱いているジルを睨みつけていた。

ジルはその視線を受けて慄《おのの》いている。

「ひっ、ま、待ってくれ！　僕は違う！」

「……何が違う」

ジルはクリストファーを子どもイスに座らせると、サッと避けるように壁に背をつける。両手を上げて降伏の姿勢を取りながら顔を引きつらせた。

「誘拐じゃない！　僕はむしろ助けようとしただけだ！　本当に！」

必死な顔をして、命乞いをするかの如く声を震わせる。

「……笑止。ゴーレムを操って何をするつもりだ」

ゴゴゴとまるで炎のようなオーラがアーヴィンの背に立ち上《のぼ》る。彼の怒りの矛先はジルに向かっていた。

手のひらを上にすると、ボッと音を立てて炎が浮かび上がる。今にもジルを焼き尽くさんばかりの炎が、彼の意のままに揺れていた。

それを見たティーリアは、アーヴィンの誤解を正そうと慌てて声を上げる。

「待って、お願い！」

「……ティーリア」

ジルを見ていた彼が、ティーリアの方を振り向いた。

金色の髪が風になびいている。以前より痩せたのか、頬がこけていた。

紺碧《こんぺき》の瞳を光らせた彼はジルに縄のような魔法金属《ミスリル》の輪を投げる。

「ひっ」

動くこともできず床に転がされて、ジルは悲鳴を上げた。彼を拘束《こうそく》すると、アーヴィンはティーリアの方に身体を向け一歩一歩、靴音を鳴らして近づいてくる。

カツン、カツンと乾いた音が部屋に鳴り響く。ふわりと懐かしい匂いが鼻に届き、埃《ほこり》っぽい彼の身体が目の前に広がった。

「アーヴィン……っ、あなたなのね」

「ああ」

ぶわりと涙が溢れ、頬を伝い流れていく。

アーヴィンはクリストファーの姿を見ると固まった。そして絞り出すように震えた声を出す。

「この子は……俺の？」

「そうよ、あなたの子よ」

黒い手袋をはめた手が、小刻みに震えながら差し出される。

異様な雰囲気を纏《まと》うアーヴィンの存在に、クリストファーは何かを感じ取ったのか、目をいっぱいに開いて見つめていた。

「俺の、子ども」

「……あなたと私の子。クリストファーっていうの、男の子よ」

ティーリアは息子の顔がよく見えるようにと抱き上げて、アーヴィンに近づいた。

黒い衣を着た彼の両腕が伸びてくる。アーヴィンはクリストファーごと、ティーリアを抱きしめた。

「ティーリア……俺の、俺のティーリア」

「っ、待ってたっ……！」

その後は言葉にならなかった。しゃくり上げながら、アーヴィンの温《ぬく》もりを確かめる。

信じていた、彼はきっと生きていると信じていた。

初めて父親に触れたクリストファーは、何度も瞳を瞬《またた》かせアーヴィンを見つめている。ようやく再会できた喜びに涙を流していると、彼の顔が近づき唇が塞がれた。

「んっ……アーヴィン……っ」

「ティーリア」

ついばむような口づけを何度も受け、頬に流れる涙もキスで拭《ぬぐ》われる。すぐ近くにある紺碧《こんぺき》の瞳を見つめると、涙に潤んでいた。

「アーヴィン、愛してる」

「ああ……俺もだ」

それ以上はもう、二人とも言葉にならなかった。

力強い腕に抱きしめられ、温もりを感じる。アーヴィンはやっぱり生きて戻ってきてくれた。

アーヴィンの頬を一滴の光が流れ落ちる。今まで泣くことのなかった不屈の男が、ようやく涙を流すことを己に許した瞬間だった。


「あの、感動の再会のところ申し訳ないんだけど……これ、どうにかしてくれないかな」

存在をすっかり忘れていたけれど、ジルが縛られて床に転がっている。

ティーリアは顔を上げてアーヴィンに問いかけた。

「ねぇ、あれってアーヴィンの魔術なの？」

「ああ」

「ジルは友人なの。さっきのゴーレムからも助けてくれようとしたの。だから、拘束《こうそく》を解いてくれる?」

「だが、奴は……子どもを連れ去ろうとしていた」

「違うの、私がクリスだけでも助けてほしくて、お願いしたの」

アーヴィンは顔だけをジルに向けた。するとジルは必死になってうんうんと首を縦に振っている。

「ね、お願い」

首を傾けて見上げると、アーヴィンは「チッ」と舌打ちをして指を弾く。するとジルを縛っていた魔法金属《ミスリル》の輪が瞬時に消えた。

「久しぶりに聞いたティーリアのおねだりが他の男のことだなんて。……まったく」

「あっ、大丈夫! いっぱいあるから! ね? 二人きりになったら、いっぱいおねだりするから!」

アーヴィンが嫉妬《しっと》深いことを思い出す。

特に他の男のことになると、執拗に問い詰められていた。けれどジルは自分達を助けてくれようとした人だから、誤解しないでほしい。

彼をなだめるように声をかけていると、その隙にジルがそろりと動き始めた。

「じゃっ! さよなら! リアも彼と再会できて良かったね!」

ジルは自由になった途端、アーヴィンの不機嫌な様子にたじろぎ消えるように飛び出していく。

「あっ、待って!」と声を上げたが、お礼を伝える間もなくパタン、と扉が閉まる。

家の中にはアーヴィンとティーリア、そしてクリストファーの親子が残された。

静かになった部屋で、ティーリアは改めて彼の顔を観察する。

精悍《せいかん》さが増して、目が鋭くなっていた。こけた頬にうっすらと傷跡が残っている。日に焼けた肌は乾燥気味で、髪は櫛《くし》を通していないのか絡まっていた。

長距離を移動した直後なのだろう、全身から気怠《けだる》さが漂《ただよ》っている。ティーリアは労《いた》わるように片方の手で彼の頬をそっと撫でた。

「アーヴィン、ここに来ても大丈夫なの？」

「ああ、間に合って良かった。だが、あのゴーレムに心当たりがあるのか？」

アーヴィンの魔力によって、ゴーレムを退治することができたけれど、肝心の襲われた理由がわからない。

ティーリアを狙ったことは確かだが、殺そうとしたとも思えない。きっと指輪の魔力に守られている彼女を攫おうとして、ゴーレムに襲わせたのだろう。

だが、一体誰がティーリアを狙ったのか。

「わからないわ。これまで、こんなことなかったから」

「そうか」

アーヴィンはティーリアの不安を和《やわ》らげるように、背中に手を置いた。

「だがティーリア。どうしてこんなところに住んでいるんだ？」

「え？　あ、そっか！　私、今は公爵邸を出て、クリストファーと二人でこの家に住んでいるの」

「……二人だけで？」

アーヴィンは眉をひそめて怪訝《けげん》な顔をした。

彼はティーリアの前世など知らず、公爵令嬢だったことしか知らない。

お嬢様として育った彼女が、どうして子どもを一人で育てながら暮らせるのか。疑問に思うのは仕方がない。

「うん、初めの頃はちょっと大変だったけど、今はこっちの生活の方が楽しくて」

へらりと笑うと、アーヴィンはますます眉間にしわを寄せた。

そのうち腕の中にいるクリストファーがぐずり出したので、彼を食卓のある子どもイスに座らせる。

「ちょっと待ってね、クリスがイスから落ちないように、見ていてくれる？」

「あ、ああ」

いかにも子ども慣れしていない彼を隣に座らせて、ティーリアは台所に向かう。凝《こ》ったものはないけれど、冷たい水だけでもアーヴィンに用意したかった。

水差しを持ってテーブルに向かうと、アーヴィンはクリストファーの頭の上に手をのせ、優しく見つめていた。

「はい、お水。これで一息つけるかな」

「ああ、ありがとう」

グラスに入れて手渡すと、アーヴィンは一気に飲み干してしまう。

空《から》になったのですぐに注ぎ足すと、それもゴクリと飲んでしまった。

「どう？　まだ持ってこようか？」

「いや、もういい。助かったよ」

アーヴィンはかつてのように瞳を柔らかくして微笑んだ。戦地から帰ってきたばかりの厳《いか》つい表情が、少しほぐれてきたようだ。

「ところで、君が子どもを産んでここにいることを公爵は知っているのか？」

「お父様のこと？　いいえ、知らないはずよ。お腹が大きくなる前に出てきたから」

クリストファーにも飲ませようと、小さなコップに水を注ぐ。すぐに零《こぼ》してしまうから、蓋つきのものを用意してある。

話に集中したいけれど、まだまだ赤ちゃんのクリストファーの世話をしながらのため、どうしてもバタバタしてしまう。

ふとアーヴィンを見ると、腕を組みながら難しそうな顔をしている。けれど、そんなにも驚くようなことだろうか。

まぁ、普通の公爵令嬢は着替えすら一人ではできない生き物だから、不思議なのだろう。

「アーヴィンの方こそ、これまでどうしていたの？」

自分のことより彼のことが聞きたくて、ティーリアは隣に座ると広い背に手を当ててゆっくりと撫でる。

するとアーヴィンは言いにくそうにしながらも、少しずつ話し始めた。

「敵兵に捕まっていたんだ。……すまない」

「そうだったの」

「俺の場合、人質代わりだったから逃げ出すのに時間がかかってしまった。本当に、待たせてごめん」

アーヴィンは俯き呟くように謝った。戦場にいたのだから、彼が謝罪することなど何一つない。

それなのに反省している姿に、何もかも許してしまいそうになる。

「待つのは……辛かったけど、指輪の魔力が働いていたから。必ずアーヴィンにまた会えるって、信じることができたの。私の方こそ、指輪を残してくれてありがとう。感謝してる」

「ティーリア」

腕を解いた彼は、手袋を取るとティーリアの手を両手で握りしめた。

かさりと乾いた肌を硬い手のひらで包まれる。

今は水仕事をしているから手が荒れている。クリストファーの洗濯物もたくさんあるから、毎朝冷たい水に浸《ひた》していた。

もう、かつてのように、傷一つないすべすべの手ではない。

恥ずかしくて手を引っ込めようとすると、アーヴィンはそのことに気がついたのかティーリアの手のひらに目を落とした。

「手が……こんなにも、荒れているではないか」

「だって、自分でやらないといけないし」

「なぜ人を使わない」

「そんな余裕なんてないよ。クリストファーのために、少しでも貯めておきたいし」

アーヴィンはギリ、と奥歯を噛みしめた。自分が留守の間に、ティーリアが苦労していることを知って、悔しそうな顔を見せる。

「どうして……公爵邸を出た」

「だって、アーヴィンとの婚約は破棄するって陛下から言われたの。あなたが、スギリル帝国の皇女様に見初《みそ》められて結婚するからって」

「そんな、俺は了承などしなかった」

捕虜《ほりょ》となった彼は、魔道騎士で王子でもある。彼を取り込もうとした帝国が、話を持ちかけたことはあったようだ。

だが、皇女と結婚するだけで侵略を止めるような国ではない。アーヴィンは頑《かたく》なに拒否し続けたという。

「それに……私に、ジュストーと結婚して王太子妃になれと命じられて。その時はもう妊娠していたから、この子を守りたくて公爵家を出たの」

「そうか、そこまでして……」

「う、うん」

アーヴィンはいたく感動しているのか、眦《まなじり》が光っている。

子どもを守るために贅沢《ぜいたく》な暮らしを捨てた貞淑な妻、といったところだろうか。握りしめる彼の手が熱い。

「苦労させて、すまなかった。この子も……クリストファーを産んでくれてありがとう」

「嬉しい？　喜んでくれるの？」

「当たり前じゃないか！　俺がいなくて、心細かっただろう。これからは、何もしなくていい。王宮に行けば、すぐにこの手も元通りになる」

「あ、あの……そのことだけどね」

打ち震えている彼に伝えるのは気が引けるけれど、ここではっきりと伝えておかないと流されてしまう。

王宮に連れていかれたら、逃げ出すことは容易ではない。

「その……王宮には、行きたくないの。私、ここでクリストファーと暮らしたいなって。料理もね、自分でできるのよ。それに私、しっかりした収入もあるから大丈夫。だから、心配しないで」

彼を安心させるように、ティーリアは努めて明るく説明する。

苦労ばかりではなく、やりがいもあることを。赤ちゃんを育てるのは大変だけど、周囲の人に助けられ、かえって楽しく暮らしていることも。

理解されなくても、ティーリアはここから動くつもりはなかった。

ゴーレムのことは恐ろしいけれど、それさえ解決できれば庶民の暮らしを続けていきたい。

その決意が伝わったのか、初めはキョトンとしていたけれど、アーヴィンは握りしめている手を離すことはなかった。

「ティーリアは、ここに住み続けたいんだな」

「うん、だから王宮には行けそうにないんだけど……」

「だったら、俺もここに住む」

「え？」

「俺も君とクリストファーと一緒に、ここで暮らす」

アーヴィンは目にぐっと力を入れて、ティーリアを見つめた。意外な返答にティーリアは素《す》っ頓《とん》狂《きょう》な声を上げてしまう。

「はい？　あの、アーヴィンは王子様なんだよ？」

「関係ない。君と離れることになるなら、王子を辞める」

「辞めるって！　そんなこと言ったらダメだよ！」

「だったら、俺と一緒に暮らしてくれ。俺なら君をゴーレムから守ることができる」

懇願《こんがん》するような瞳で見つめられて、拒否できなくなる。クリストファーと似ている顔で頼まれると、余計に嫌だと言えない。

このままではティーリアの平安な日々が脆《もろ》く崩れ去る予感がする。

けれど、一度こうと決めた彼を動かすことは容易ではないし、何よりもゴーレムに再び襲われるのは恐ろしい。

「お、お願いしてもいいの……？」

眉根をへにゃりと寄せたティーリアは、自分がいかにアーヴィンに弱いのかを思い知らされた。

「当たり前だ。もうゴーレムなんぞが入り込めないように結界を張っておく。これを維持できるのは……俺くらいのものだ」

魔道騎士であるアーヴィンが傍にいてくれるなら、これほど心強いことはない。

でも、生粋《きっすい》の王子様がこんな庶民の生活に耐えられるだろうか。前世の記憶のあるティーリアと違い、彼は世話をしてくれる人に囲まれて生まれ育ったから、すぐに音《ね》を上げるだろう。

そんなことを考えていると、アーヴィンはゴーレムの侵入路を確認するために家の中を歩き始めた。遠隔操作であれば、何か媒体が残っているに違いない。

「これは……」

アーヴィンはゴーレムの消えた跡に、長い髪が一筋落ちているのを見つけしゃがみ込む。それは銀色の艶《つや》やかな髪だった。

その髪を拾い上げた彼はしばらく言葉を発することができず、立ちすくんでいた。


アーヴィンが部屋中に洗浄魔法をかけると、まるで何事もなかったかのようにゴーレムの残滓《ざんし》はあらかた消え去る。

けれど、彼自身は長旅から帰ってきたままの姿だった。

「とにかく、もう夕食の時間になるんだけど……お風呂に入りたいよね」

全部着替えてほしいけれど、そのためにはお湯を沸かさないといけない。

「今から用意するから、クリスを見ていてくれる？　この家、お風呂を沸かすのに時間がかかるから、あんまり使っていなくて」

赤ちゃんのクリストファーは、たらいがあれば間に合っていた。

ついでに濡れた布で自分の身体を拭けばいいと、最近はお風呂にゆっくり入っていない。

水を溜めてから魔道具の温石を使ってお湯に変えるため、どうしても時間がかかる。すぐにでもお湯を浴びてほしいけれど、庶民の生活はそれほど甘くない。

「大丈夫だ、風呂の水くらい自分で温めるよ。ティーリア、俺を誰だと思っている？」

「えっ？　あ、そっか。アーヴィンは炎の使い手だったよね」

炎の魔術で家を燃やせるくらいだから、風呂の湯を温めるのは些末《さまつ》なことだろう。

「この奥にあるのか？」

「うん、今着替えを持ってくるね。アーヴィンがいつ来てもいいように、一式揃えておいたの。あ、でも庶民の服だから、そんなにしっかりしていないけど」

「そうか……ありがとう」

再び涙ぐみそうになる彼を「早く行きなよ」と言ってお風呂場に案内する。

着替えを出してすぐに引き返すと、クリストファーを背中にくくりつけた。赤ちゃんを一人きりにしておくことはできない。

そのタイミングで頼んでおいた食材が届けられ、ティーリアはホッとする。

今日は買い物ができたから珍しく肉も買っていた。焼きたてのパンもあるから、夕食はなんとかなるだろう。

頭の中で献立を考えながら、ティーリアはぱたぱたと走り回る。

彼はこのまま本当に王宮に戻らないで、ここで休むつもりだろうか。そうすると寝室も用意しないといけないけど、シーツは大丈夫だろうか。

いや、それよりもお肉に塩を振っておこう、と思ったところでクリストファーがぐずり始めた。

「あ、ごめんね。クリス、今ちょっと忙しいんだけど……ああもう！　赤ちゃんにはわからないよね」

背中から下ろして前で抱っこした。どうやら甘えたくなったのか、胸の辺りをまさぐっている。

「はぁ……仕方ないなぁ」

こちらは正真正銘の赤ちゃんだから、甘えるのが仕事だ。

二人掛けの小さなソファーに座ると、ティーリアは服をはだけて乳房を出し、クリストファーに乳を与える。

貴族のままであれば乳母がつき、母乳を与えることはなかっただろう。自分で授乳できることがティーリアは嬉しかった。

口をぱかっと開けて乳頭を咥える姿は、いくら見ていても飽きない。

「ふふっ、可愛い」

離乳食も進んでいるから、そろそろ授乳しなくてもいいと聞いている。それはそれで、寂しくなりそうだと思っていた時。ティーリアは視線を感じて頭を上げた。

「あ……アーヴィン」

「近くに行っても、いいか？」

風呂から出た彼は、木綿の白いシャツとゆるめのズボンを穿《は》いている。

男性サイズがわからなかったから、大きめを選んでいた。カッコイイ男の人は、服装がなんでもかっこよく着こなしてしまう。

「うん、もちろん」

ソファーの隣に座ると、さっきとは違いせっけんの匂いがする。クリストファーを洗うのに使っている、手作りのせっけんの匂いだ。

アーヴィンは黙ってティーリアの様子を眺めている。女性が授乳する姿を見るのは、さすがに慣れないのだろう。

「もしかすると、初めてだったりする？　授乳しているところを見るの」

「ああ……凄いな。本当にティーリアは、母親になったんだな」

そっと肩に手を回される。肩に彼の腕が置かれ、片側にぴったりとくっついた。クリストファーの体温も温かいけれど、それ以上の熱を感じる。

——アーヴィンがいるんだ……

生きていると信じていたけど、こうして隣に彼の体温があると実感する。

一人ではない——そのことがティーリアに安心感を与え始めていた。

クリストファーはうとうととすると、寝入ったのか口の動きが止まる。抱き上げて居間に置いてある小さな寝具の上に彼を寝かせた。

「よしっ、着地成功！」

腕の中で寝ていても、布団に乗せた途端に起きることも多い。

それでも最近は、寝始めると朝までぐっすり寝ている日もある。昼寝をしなかったから、しばらく大丈夫だろう。

「ごめんね、アーヴィン。遅くなっちゃったけど、夕食の用意をするね」

振り返ったところで、ティーリアを長い腕が抱きしめる。顔を厚い胸元に引き寄せられた。

「クリストファーは、もう寝たのか？」

「うん」

「だったら……いいか？」

「え？」

顎を持ち上げられ、アーヴィンの唇で口を塞がれる。再び感じる彼の薄い唇が、何度も角度を変えて口づける。

「アーヴィン……ちょっと、待って」

「君を感じさせて。……頼む」

舌先が入り込み、歯列をなぞる。いやらしい動きを始めた手が、ティーリアの身体を這うように蠢《うごめ》いた。

「ティーリア、痩せたんじゃないか？」

「ん、そうかもしれない、けどっ！」

クリストファーが寝ている間に食事の支度をしておきたいし、授乳したばっかりで気持ちは追いつかない。

何より、しばらく離れていたからそんな気持ちにすぐにはなれない。

アーヴィンの鼻をぎゅっと摘まむと、さすがに彼も口を離し不埒《ふらち》な動きをしていた手を止めた。

「あ、あのねっ、二年も離れていたわけだし、私はクリスの世話でいっぱいで、そんなすぐに気持ちを切り替えられないっていうか……アーヴィンは、私のこと今でも好きなの？」

「何を当たり前なことを聞くんだ」

「だって……捨てられたのかと、思っていたし」

「そんなわけないだろう。ただ、あの時は本当に生き延びられると思っていなかった」

逃れることのできない腕の中で、ティーリアは俯いた。

「そんなの……勝手だよ。私はずっと、アーヴィンを待っていたかったのに」

「すまない。だが、本当に愛しているんだ。俺にはティーリアしかいない。光も入らない暗い牢の中で、毎日朝晩に注がれるティーリアの浄化が、俺を支えてくれた」

「……本当に？」

「ああ。俺が今こうして生きているのは、ティーリアのおかげだ。あの浄化がなかったら、俺は魔毒に侵されとっくの昔におかしくなるか、死んでいただろう」

彼の過酷な体験を聞き、ティーリアは顔を上げる。

もう、疑う気持ちはなくなっていた。

「私も……アーヴィンの魔力があったから。毎日お祈りしながら、会えるのを信じていたから……辛くても、頑張れた」

「ティーリア」

「私のこと、もう、離さない？」

「ああ、約束する」

ティーリアは彼の顔を手で挟み、頬をなぞる。

紺碧《こんぺき》の瞳が濡れている。自分の瞳も、濡れていることだろう。

「もう、意地悪しないでね」

「……善処する」

ここが大事なところなのに。以前のように、恥ずかしい思いをしながら身体を繋げることはしたくなかった。

眉根を寄せたティーリアを見たアーヴィンは、くすりと笑う。

「大丈夫だ、嫌がることはしないよ。だから……いい？」

「その……久しぶりだし、身体のラインも変わったかもしれないし」

「ティーリア、君を抱きたい。俺を……受け入れてくれるか？」

もう、絶対に流されているけれど、ここまできて彼を拒否することはできない。

ぴったりと触れている彼の身体が、熱くなっている。腰には既に硬くなった昂《たかぶ》りが押し当てられていた。

「クリストファーが、起きないようにね」

「……遮音魔法をかけておく」

これ以上は聞かないとばかりにアーヴィンは唇を押し当てる。

二人掛けのソファーに押し倒されると、すぐに彼の身体が覆い被さってくる。コルセットも何もつけていないから、服もすぐに取り払われた。

「綺麗だ……ティーリア」

甘い息を吐きながら、アーヴィンは身体のあちこちにキスを落とす。

胸はあまり揉まないで、とお願いすると「わかった」と優しく触れるだけにとどめてくれた。

「もう……いろいろ甘えていたから、身体がたるんでいるかも」

「大丈夫だ。可愛いことに変わりはない。それより、この肌には誰も触れていないんだな？」

「もちろんよ！　この指輪のおかげで、誰も……アーヴィンにしか、見せてないよ？」

上目遣いで彼を見つめると、アーヴィンはくっと喉を鳴らす。彼にも脱いで、と伝えたところ少し戸惑うように目をうろたえさせた。

「多分……傷跡が残っているから、見ない方がいい」

「そんな、治癒できなかったの？」

「牢にいた時は、魔力を封じられていた」

「……」

それでも彼の苦労の痕を見たかった。「だったら、見せて」と伝え、服を取り払う。

背中にはムチで打たれた痕が無数に走っている。彼をソファーに横たわらせ、傷痕の一つ一つに祈りながら唇を寄せた。

「治るといいな」

「気持ちいいよ。ティーリアの浄化が、一番いい」

うっとりとした目をした彼を労《いた》わるように、身体中にキスをする。触れる素肌の全てが愛おしい。

「でも、そろそろ俺にもティーリアを食べさせて」

「あ、えっ」

あらかたキスをし終えたところで、アーヴィンにひっくり返される。

形勢逆転とばかりに、アーヴィンはティーリアの膝裏を持って広げ、濡れそぼった蜜口を見つめた。

「凄いな……ひくついて、濡れてる」

「だって、アーヴィンがキスするからっ」

「だったらもっと、キスしたい」

アーヴィンは顔をあわいに近づけると、下生えをかき分けてぐっしょりと濡れそぼった秘口を舐める。

陰核を指で弄《もてあそ》びながら、蜜を啜《すす》り上げ舌を割れ目の奥へとねじ込んだ。

「あっ……そんなとこっ、まだお風呂に入っていないのにっ……」

「匂いが強くて、いい」

「やだぁっ……っ！」

じゅるっと音がするのと同時に、花芽を吸われティーリアは軽く達した。

久しぶりの快感に、頭の芯が痺《しび》れていく。彼の硬い手のひらで腰を押さえられ、熱心に蜜を吸われる。

「あっ……も、イっちゃうっ……」

はあっと熱い息を零《こぼ》して彼の髪を掴むと、風呂上がりの濡れた髪が、しっとりと手に絡みついた。

どれだけ抵抗しても、アーヴィンの執拗な舌と指がティーリアの花芽を苛《さいな》む。

蜜口に指を差し込まれ、絶え間なく甘い刺激が与えられる。ティーリアは喘《あえ》ぎつつ目を潤ませた。

「アーヴィンッ、もう……ぁ……イッ、イクッ」

ぷっくりと膨らんだ花芽を吸われながら、差し込まれた指で中から押し上げられる。

ティーリアの弱いところを熟知しているアーヴィンは、容赦なく彼女を官能の渦《うず》に押し込める。

くっと指を曲げた途端、波のような快感が大きく爆ぜた。

「はぁっ、ああ――っ」

目の前が白くなり、背をのけ反らせる。ソファーの掛け布を握りしめ、足先をピンと伸ばした。

「あっ……ああっ……ぁ」

こんなにも感じてしまうなんて、いつぶりだろう。アーヴィンと肌を合わせた最後の日以来の官能に、ティーリアは身体を震わせた。

「アーヴィン……私」

「イッた顔もなんて可愛いんだ……そろそろ、俺も我慢が効かなくなってきた」

視線を上げると、熱を帯びた目で見つめられる。雄の顔をしたアーヴィンは、服を全て脱ぎ去ると膝立ちになった。

以前は筋肉で覆われていた身体のあちこちに傷痕が残り、少しあばら骨が浮かんでいる。それでも陰影のある身体つきはしっとりと汗ばんで、呼吸するごとに胸が上下する。

アーヴィンははちきれんばかりに膨らんだ怒張を持つと、自身の指で軽く扱《しご》いた。

「あ、ああ……」

こんなにも大きくて、太かっただろうか。

血管がビキビキと浮き上がり、痩せた彼の身体には似つかわしくないほど狂暴な形をしている。

先端は反り返り、亀頭は力強く張り出していた。

久しぶりに見る巨根の先端からは、既に透明な汁が滴《したた》り睾丸まで届いている。

ドクン、と期待で胸が高まる。あの怒張で最奥を突かれたら、どうなってしまうだろう。自分が自分でなくなってしまうかもしれない。

「アーヴィン……きて」

「ああ」

彼も激情のまま、蜜口に肉槍を突き刺すように押し込んでいく。狭くなっていた膣壁《ちつへき》がぐぐっと押し返しても、アーヴィンは手加減せずに貫いた。

「っ、……くっ……くそっ、すぐに出そうだっ」

まるで攻められたように顔をしかめながら、アーヴィンは短く喘《あえ》ぐ。

指とは違う、大きな質量がぐっと身体の中心に入り込む。身体がピクッと震え、絡みつく膣壁《ちつへき》が男根を包み絞り上げた。

ティーリアの温もりを生で感じた彼は、動く間もなく小さく爆《は》ぜた。

「……」

ドクリ、と熱が体の中に広がっていく。久しぶりの快感に耐えきれなかったのは、アーヴィンも同じだった。

「アーヴィンも、イッちゃったの？」

なんとも言いようのない顔をしたアーヴィンは、口元を手で覆うと小さな声で「ああ」と認める。

耳元を赤くした彼は、「禁欲していたからな……」と言い訳がましく呟いた。

――可愛い……って言ったら、怒るかな……

くすりと笑って口の端を上げたティーリアは、両手を差し出して彼を招く。

「ね、いっぱいキスして。もっと、くっつきたい」

「そうだな」

ティーリアのおねだりに応えるように、アーヴィンは身体を倒すと肌と肌をくっつける。

彼の厚い胸板に押され、胸の先端が擦られた。甘やかな刺激が全身に走るのと同時に、口づけられる。

息ができないほど激しく口づけられたかと思うと、唇の裏側のやわらかい部分を重ね合わせ、舌を絡ませる。

無骨な太い指の腹で耳に栓をされ、くちゅりと唇の合わさる湿った音が脳内に鳴り響いた。

「ふっ……ぁあっ……アーヴィン、すき……だいすき……っ」

「俺もだよ、ティーリア。……愛している」

まるで舌でねぶるように、頬の裏側を舐めてくる。零《こぼ》れた唾液を啜《すす》られ、また食《は》むように口づけた。――きもちいい。

次第に硬さを取り戻した怒張が、ゆるゆると抽送を始める。

彼の零《こぼ》した精と愛蜜が絡まり、くちゅくちゅとぬめりけのある音を立てた。

「もう、硬くなったの？」

「本番は今からだ。……ティーリア、覚悟しろよ」

「あ、えっ……きゃっ！」

上半身を起こしたアーヴィンは、ティーリアの片足を肩にかけると角度を変えて最奥を穿ち始める。

片手で腰を持ち、もう一方の手で花芽を扱《しご》きながら中を擦り上げるように突かれると、あまりの気持ち良さに声を抑えられなくなった。

「あんっ……一緒だと、イっちゃうからっ……」

「いいから、そのまま感じるんだ」

「声、でちゃうっ」

クリストファーが目を覚まさないように、と手で口を覆うけれど、アーヴィンは「大丈夫だ」と言って微笑む。

「音は漏れないから、声を聞かせてくれ。ティーリア、君の甘い声が聞きたくて、たまらないんだ」

耳元で低い声で囁かれると、ティーリアは抵抗できない。

口から手を離した途端、甘やかな声が漏れる。

「あっ……はぁっ……んっ、あっ……でもっ……アーヴィンッ、いいっ、いいからっ」

もう、意味のある言葉を放つことができなくなる。

乳首はツンと上向きに尖り、顎をのけ反らせて口を開けた。

「ティーリアッ……ティーリアッ！」

彼の熱情で掠《かす》れた声で名前を呼ばれると、それだけで快感が背筋に這い上がる。息を荒らげた彼の額から、ポツリと汗が垂れ落ちた。

「ああっ、アーヴィンッ……もうっ、アーヴィンッ」

蕩《とろ》けた目をしたティーリアは、たまらないとばかりに彼の名前を呼んだ。熱杭は震え肌と肌のぶつかり合う音が鳴り響く。

――もう……ダメッ……。おかしくなっちゃうっ！

待ちわびていた彼が、ようやく帰ってきてくれた。――生きている、彼は本当に生きている。

容赦なく腰を打ちつけられ揺さぶられながらも、ティーリアは息も止まりそうなほどの悦《よろこ》びを感じていた。

はっ、はっと耳元に彼の息がかかる。

いつの間にか側臥位《そくがい》になり、片足を持ち上げられたまま後ろから穿たれた。膣《ちつ》奥を熱杭で何度も突かれ、さすがのティーリアも過ぎる快感で息が上がる。

ぐいっと乳房をわし掴みにされたと同時に、抽送のスピードが速くなる。

パンッ、パンッと乾いた音が響くと共に、顎を持ち上げられ口内に彼の舌が入り込む。

上も下も犯されるように突かれ、快感で頭がくらくらする。

身体全体が彼に包まれ、目の前が白くなって震えが止まらない。最後とばかりに腰を押し込んだアーヴィンは、最奥で動きを止めると「うっ」と唸《うな》り声を上げた。

一拍遅れて、膨らんだ先端からドクドクッと彼の欲望が解き放たれる。――熱い。熱くてたまらない。

「あっ、あぁっ……ぁ」

「ふっ……くっ」

一度目と違い、長い時間をかけて吐精している。

どくどくと脈打つ昂《たかぶ》りを子宮に押し込むように、彼は二度、三度と腰を振った。

そして最後の一滴までを吐き出し、ふーっと息を吐いて目を細める。

「ああ……気持ちいい……俺、本当に帰ってきたんだな……」

どっと力を抜いたアーヴィンは、ティーリアの上に覆い被さった。同時に唇を合わせるだけのキスをする。

「おかえりなさい、アーヴィン」

温めるように彼の頬を両手で挟み、ティーリアは目を潤ませながら彼の唇を塞いだ。

二人の間には、なんの隔《へだ》たりもなかった。

第七章

意外なことに、クリストファーはアーヴィンにすぐに懐いてしまった。

初めて抱っこした時は、普段と違う感覚にぐずったけれど、そのうちピタっと泣き止んだ。

「この子、結構気難しくて……私とエルデしか抱っこさせてくれなかったのに。やっぱり父親だって、わかるのかなぁ」

「いや、魔力の流れだ」

「え？」

「クリスの魔力が人より多いと気づいていたか？」

「そうだと思ったけど、私が抱っこして撫でていれば、泣き止むから」

「多分、自然と浄化していたのだろう。でなければ、もっと悲惨なことになっていた」

「……そうなの？」

どうやら魔毒酔いを軽く考えていたようだ。アーヴィンは自分も同じだったからと教えてくれる。

「俺の魔力とは馴染《なじ》みがいい。これからは大丈夫だ、俺が面倒を見るよ」

言葉通り、彼はクリストファーの世話を買って出た。

オムツの取り換えもすぐに覚え、ティーリアではできないようなダイナミックな遊びをする。離乳食を作るのは手こずっているが、食べさせるのはお手のものだ。

毎日の散歩も欠かさない。散歩と言っても、クリストファーを抱えて外を歩くだけだが、腕の中にいる息子は終始ご機嫌な顔をしている。

そして周囲には「リアの夫です。戦争に行っていたのですが、無事に帰ってきました。これからは夫婦で暮らすのでお願いします」と挨拶をして回る。

さすがかつては「爽やか王子」と呼ばれていただけのことはある。

きらきらしい笑顔を向けられると、誰もが頬を淡く染めていた。

――本当に、ずっとここにいるつもりなのかな……

アーヴィンは二人しかいない王子の一人だ。いくらスペアといっても、必要な人材であることに変わりはない。庶民の生活に音《ね》を上げて、すぐに王宮に帰ると思っていたのに。

近所を行き交う人々から「リアちゃん、良かったねぇ。男前な旦那さんじゃないの」と言われると、苦笑いしか出てこない。

クリストファーのためにも、父親が傍にいる方がいいけれど……アーヴィンは一向に王宮に帰る気配がなかった。

アーヴィンがクリストファーの世話をするようになり、ティーリアは随分と肩の荷が下りていた。

浄化ポーション作りも進み、今日は契約している分を渡しに行く日だ。

まだゴーレムを送り込んだ犯人がわからないため、外出する時は護衛のようにアーヴィンがついている。

「アーヴィン、ギルドまで卸《おろ》しに行く日だけど、どうしようか」

「ギルドか？　だったら俺も一緒に行くよ。ギルドマスターに聞きたいこともあるし」

「クリスはどうするの？」

「もちろん、一緒に連れていく」

アーヴィンは簡単に言うけれど、ギルドは厳《いか》つい男達の集う場所だ。

薬師リアとして登録するのも、かなり勇気のいる行動だった。さすがにもう慣れたが、あそこにまだ小さな赤ちゃんを連れていくなんて、大丈夫だろうか。

「どうした、不安なのか？」

「えっと、そういうわけじゃないけど……」

ギルドに行くと必ず男性に声をかけられる。最近は頻繁に出入りしているから、眼鏡をかけていても狙いを定めたように近寄られることがあった。

今までは指輪が守ってくれたおかげで、襲われることはなかったけれど。

でも、アーヴィンがそれを目撃すると、ただでは済まないような気がする。過剰に心配しすぎて、ギルドに行くのを反対されるのも困る。

「クリスのための荷物なら、心配しなくても俺が全部持つから」

「うん、ありがとう」

事前に言えば言ったで、そんなところに出入りするなと言われそうだ。

アーヴィンはとにかく嫉妬《しっと》深くて、他の男がティーリアに近寄ることを嫌う。普段はそうした執着も愛されている証拠だと思えるけれど、仕事のこととなると厄介だ。

確かにロデオにアーヴィンを紹介したい。彼はずっと親身になってティーリアを助けてくれた人だった。

アーヴィンは胸の前にクリストファーをくくりつける抱っこ紐を取り出す。

万一両手が塞がっても、これならクリストファーを落とさないで済むと気に入っていた。

「よし、クリスも喜んでいるぞ」

準備をした彼は、クリストファーを抱き上げた。ティーリアよりも視線の高いところで抱っこするからか、きゃっきゃと笑って楽しそうにしている。

これまではティーリアにしか、そんな顔を見せなかったのに。

「なんだか妬《や》けちゃう。クリストファーは、ママとパパとどっちが好きなの？」

「そんなの、ママに決まっているだろう」

「でも、あなたが抱くとこんなにもはしゃいでいるし」

手足をバタバタとさせて、いかにも嬉しそうだ。まだ言葉を話せないけれど、表情を見ればわかる。

「……ママも、パパに抱かれると喜ぶけどな」

「ちょっと……それは」

――抱くの意味が違うじゃない。

突っ込みたいところだけど、あまり遊んでいると約束の時間に遅れてしまう。

ぎゅっと彼の手を握りしめると、アーヴィンも嬉しそうに顔をほころばせた。

――そんな顔されちゃうと、ほだされちゃう……

最近はただでさえ離れがたくなっているのに。騎士団に戻れば、アーヴィンはきっと忙しくなるに違いない。

そうなると、この家から通うわけにはいかなくなる……と思うけど。ちょっと自信がなくなってきた。

なんと言っても彼は転移術を身に着けているから通勤に支障はない。

最近では家事にも積極的になっている。しかも、何気なく前世にあったお掃除ロボットの話や全自動洗濯機の話をしたところ、それをヒントに自ら魔道具を作り上げていた。

おかげで洗濯が楽になり、手荒れが少し改善している。何よりもクリストファーを見てくれるだけで、忙しかった毎日にゆとりができた。

この生活に慣れると、アーヴィンがいなくなった後が大変だなぁと思ってしまう。

いつものようにギルドへ向かう道を歩く中、クリストファーはアーヴィンに抱っこされて終始ご機嫌な様子だった。

ギイッと古びた扉を開けると、中にいる人達が注目する。

普段ならすぐになくなる視線が、今日に限って離れない。後ろに立つアーヴィンに集中して注がれていた。

「あのね、ここがいつもお世話になっているギルドなの」

「……そうか」

ぶっきらぼうに答えた彼は、ぐるりと部屋の中を見回した。

仕事を探している冒険者や、討伐パーティーの打ち合わせをする人達、腕に覚えのある猛者《もさ》達のたまり場でもある。

ティーリアは緊張した空気にもかかわらず、すたすたと奥に入っていくと受付の女性に声をかけた。

「ギルドマスターのロデオさんはいますか？　薬師のリアが来たとお伝えください」

「リアさんですね、お待ちしていました」

にっこりと笑った彼女は、立ち上がると奥の部屋へ行く。するとすぐに、ロデオが顔を出した。

「おお、リアじゃないか。って、おい！」

ロデオはリアの後ろに立つアーヴィンを見ると目を丸くして驚いた。

金色の髪に筋肉質な体躯、にこやかなようで鋭い目つき。長身の彼は立っているだけで威圧感を放っている。

「こ、これは……よ、ようこそ、ギルドへ」

どんな猛者《もさ》にも怯《ひる》むことのないロデオが、口端をひくひくとさせてたじろいでいる。

アーヴィンはにっこりと笑うと「今日は妻のリアがお世話になっていると聞いて、挨拶に来ました。戦争から戻り改めて結婚しました。夫のアーヴィンです」と言いながらクリストファーの頭を撫でた。

「これはこれは……挨拶だけと言わず、なんなら登録しませんか。あなたならSS級のクエストもこなせるでしょう」

さすがに目利きのギルドマスターは、瞬時にアーヴィンの力量を測っていた。

SS級、という言葉を聞いて、周囲がざわりとする。皆、ロデオの言葉に聞き耳を立てていた。

「すみませんが、俺はこの子の世話で手一杯なので遠慮しますよ」

まさかギルドマスター直々のお誘いを断るとは。

信じられない、とばかりに周囲が騒然とする。そんな異様な雰囲気の中で、クリストファーは急にはしゃいだ声を出した。空気を読まない赤ちゃんは最強である。

「な、クリス。お前もパパがいないと寂しいだろう?」

「あぶー」

優しい目をして子どもをあやしている姿は、とても魔道騎士として戦場を焼いた人物とは思えない。

空気を変えようと、ティーリアは急いで持参していた袋を開けた。

「とにかく、お約束した分のポーションを持ってきたので確認してください」

「お、おお。そうだな」

袋から小瓶を入れた箱を取り出すと、受け取ったロデオは「奥の部屋で待ちますか?」とアーヴィンに声をかけた。

「そうしよう」

と返事をしたアーヴィンはクリストファーを抱っこしたまま奥に進む。

ティーリアも一緒に部屋へ入ると、後から来たロデオは緊張した面持ちで直立不動の姿勢になった。

「アーヴィン殿下とお見受けしました」

「ロデオ殿、くつろいでくれ。今の俺はただのアーヴィンだ」

ティーリア達がソファーに腰かけると、ロデオも向かい側に座る。

アーヴィンは「早速だが」と話し始めた。

「最近、この辺りでゴーレムを見た者はいないか？」

「ゴーレム、ですか？」

「ああ、噂でもなんでもいい。情報があれば教えてくれ」

「そういえば……確実な話ではないのですが」

ロデオは王都の端にある森の中で、泥の塊《かたまり》が動いていたとの目撃情報があったことを伝える。

ゴーレムはかつて、戦争で人の代わりの兵器として使われていた。だが、操る者の魔力や命を削るため、大量に生成できない。

元は泥のため攻撃力は低くとも、ティーリアを襲った時のように不意を突けば、一体であっても恐怖を植えつけることができる。

誰が、なんのためにゴーレムを放ったのかわからないけれど……ロデオの方でも十分な情報を得ていなかった。

「そうか、ではまた何かあれば伝えてほしい」

「はい、ですが……」

ロデオはなぜアーヴィンがゴーレムの情報を欲しているのか、知りたそうにしている。ティーリアが襲われたことを伝えていなかったので、致し方ない。

そっとアーヴィンを見上げるけれど、彼はそのことを伝える気はないのか、黙って席を立つ。

クリストファーもいるため、長居はできない。受領証を受け取ったティーリアは立ち上がると「ありがとうございます」とロデオに頭を下げる。そして隣に立つ彼を見上げた。

「ね、アーヴィン。クリスもいるから、三人でお散歩して帰ろうか」

すると、アーヴィンはクリストファーを見て声をかける。

「クリス、そうするか？」

「あぶー」

どこまでもご機嫌な息子にホッとして、アーヴィンはティーリアの手を握りしめる。これではどこからどう見ても、仲良し親子にしか見えないだろう。

「ロデオさん、また近いうちに顔を出しますね」

「ああ、いつでも来てくれ」

顔をひきつらせ、ロデオは手を振った。

ティーリアは無事にポーションを納品できたことに安心して胸を撫で下ろす。建物の外に出ると日差しが眩しくて、目を細めてしまう。

隣にいて手を握るアーヴィンが王宮に帰る素振りは全くない。このまま夫として、父親として絶対に離れないと主張しているかのようだ。

――いいのかなぁ……

そう思いながらも、悪い気はしない。

市場にも寄っていこう、と誘ってアーヴィンとゆっくりと歩いていく。

彼は時々クリストファーをあやしている。そして視線を合わせると、蕩《とろ》けるような笑顔を向けた。

きっと、周囲には仲の良い親子に見えるだろう。

――これって、私がしたかったことだ……！

以前、こうやって歩く仲良し親子を見たことがある。あの時は羨《うらや》ましくて仕方がなかった。それが今、同じように三人で歩いている。

ティーリアは何気なく歩いているだけで、嬉しさに包まれる。

本当はこの手を離したくはないけれど……アーヴィンがこのまま庶民の暮らしをするわけには、いかないだろう。

心の中でどうしよう、と呟きながらティーリアが空を見上げると、太陽はいつもと同様に輝いていた。

クリストファーをお風呂に入れたアーヴィンは、むずがる息子の身体を拭きながらティーリアに話しかけた。

「今日は俺が寝かしつけをするよ」

「……大丈夫？」

きゃっきゃとご機嫌なクリストファーを抱き上げると、水を飲ませる。

身体を拭き終えたクリストファーに、肌が乾燥しないようにクリームを塗った。完璧なパパぶりで驚かされる。

「なに、疲れてしまえば寝るのが自然だ。そろそろ離乳の時期だろう？」

「うん、それはそうだけど」

子どもの寝室は別室にした方がいい、と言ってアーヴィンは空《あ》いている部屋をクリストファー用に整えた。

同時にこれまで赤ちゃんと二人で使っていた狭い寝台の代わりに大きな寝台が設置され、夫婦の寝室になっている。

その晩は夜中に起こされることもなく、深く眠ることができた。時間のかかる寝かしつけも、アーヴィンが代わってくれると身体の負担はずっと軽い。

——でも、こんなこと王子様にお願いしてもいいのかな……

身近すぎて忘れてしまうけれど、彼は正真正銘の第二王子だ。

それに国中を探しても、彼ほどの魔道騎士は他にいない。辺境の戦闘が今どうなっているのかわからないけれど、彼がここにいるということは、落ち着いたのだろうか。

ティーリアは夕食の後片付けをしながら、こうして親子三人で暮らせる幸せを噛みしめていた。

でもその一方で、この生活が長く続くはずはないと、心のどこかでブレーキをかけていた。


アーヴィンは時折、昼間にふらりと出かけるようになった。

ただし、ティーリアを守るための魔道具を揃え、結界を張るのを忘れない。

他にも家事仕事を補助する魔道具も作り、おかげで家事仕事も楽になってきた。クリストファーの昼寝の時間も一日一回になり、まとまって寝入ることが増えている。

彼がどこに出かけているのか、聞くことは憚《はばか》られた。彼が本来の身分に戻れば、この家で過ごすことは叶わなくなる。

気になりつつも、最後の日を突きつけられるかもしれないから何も聞けない。もやもやしつつも、ティーリアは日々を過ごすしかない。

そんな時、エルデが家を訪ねてきた。

「ティーリアも、たまには一人で外の空気でも吸ってきたら？　家に閉じ籠《こ》もってばかりでは、気が滅入《めい》るでしょう。クリスは私が見ているから」

「でも、アーヴィンからは一人で出かけるなって言われているの」

「あらまぁ、束縛が強いのかしら。そんなことじゃ、マラソン大会で走れなくなるわよ？」

エルデの言う通りだった。最近はゴーレムのことを気にしすぎて、長い距離を走っていない。

筋力トレーニングはしているけれど、やっぱり外の景色を見ながら走りたい。

――でも……マラソンのこと、まだアーヴィンに言っていないのよね。

令嬢時代も走っていたから、それほど驚かれることではない。

しかし、さすがにマラソン大会に出場したことを伝えるのは気が引けてしまう。

一人での外出は止められているけど、最近は特に危険を感じることはない。日常生活を取り戻すためにも外で走って、気分転換をしたかった。

「そうね、じゃエルデにお願いしてもいいかしら」

「私も久しぶりだから、嬉しいわ。クリストファーに忘れられてしまったら、悲しいもの」

アーヴィンの心配もありがたいけれど、そろそろ普通の生活に戻したい。ティーリアは着替えると共に、エルデにクリストファーの面倒を見ることをお願いする。

「クリスもご機嫌だったな。エルデとは、生まれてすぐの頃から一緒にいるからね」

走るために少年の着るようなズボンを穿《は》き、長い髪を頭の高いところで一つに結ぶ。走りやすい靴に履《は》き替え、ストレッチをした。

「よし！」

気合を入れたところで、玄関のチャイムが鳴った。誰だろうとドアの前に立ち、声をかける。

「はーい、どなたですか？」

「そこにいるのは、ティーリア様？」

扉の向こう側から、思いがけない人の声が聞こえる。忘れもしない、男爵令嬢のシャナティ・メティルバ。乙女ゲームのヒロインだ。

「どうして……あなたがここに？」

疑問がぐるぐると頭を回る。かつては庶民だったとはいえ、彼女も今は貴族令嬢だ。こんなところにいるはずがない。それなのに。

「大事な話があるの。あなたの顔を見て話したいから、扉を開けてくれる？」

「……」

「子どもが生まれたんでしょ？　それ、バグになっちゃうの。子どもの命に関わることを思い出したの。だからお願い、今すぐ開けてくれる？」

ティーリアは頭の中が真っ白になった。クリストファーのことになると無視できない。

「どういうこと？」

慌てて扉を開けてしまう。

しまった、と思った時には目の前に以前見た泥人形――ゴーレムが立っていた。

◆

――何か、異様なことが起こった。

アーヴィンは騎士団本部で打ち合わせの最中、ティーリアの危険を察知した。

薬指の指輪には、彼女の状態を知らせる魔法をかけてある。そこから伝わってくる危険信号に、背筋がざわめく。

「まずい」

目を閉じて感覚を集中させる。アーヴィンの変化を察知した騎士達は、サッと離れて距離を取った。彼が片手を上げた途端、足元には金色の魔法陣が浮かび上がる。

「隊長！」

金色の燐光が湧き上がり、アーヴィンの身体を包んでいく。

唇の動きで「指示を待て」と伝えた途端、フッと音もなく消えてしまう——転移魔法だ。

彼が移動した先で目にしたものは——腕と足を縄で縛られたティーリアであった。

「ティーリアッ！　どういうことだ！」

暗い地下室のような場所には、ところどころに魔力灯が光っている。それでも薄暗い部屋の隅で、泥まみれとなったティーリアが弱々しく口を開く。

「……ごめんなさい」

何者かがゴーレムを使い、ティーリアを拉致《らち》したのだろう。

アーヴィンの魔力による指輪の攻撃は、泥人形には通じない。彼女にかけた自分の魔力防御を封じるのに、ゴーレムは最適だった。

「つ、くそっ！」

対策を十分してきたつもりなのに、自分の迂闊さが恨めしい。すぐに助けようと歩みを進めたところで、アーヴィンは後方から甲高く響く靴音を聞いた。

「ようやく来たか、アーヴィン」

「……チッ」

予想していた人物の登場に舌打ちする。

部屋に姿を現したのは、銀色の真っすぐな髪を垂らし黒衣を纏うジュストー王太子。――アーヴィンの兄だった。

周囲は黒いローブを着た魔術師達が取り囲んでいる。王太子の権力を使い集めたのだろう、皆隷属の腕輪をつけていた。

「兄上。どうしてティーリアを巻き込んだ」

アーヴィンは地を這うような低い声を出した。サッと周囲を見回してから、昏《くら》い目をジュストーに向ける。

「何を勘違いしている。彼女は最初から私の花嫁になるはずだった。それをお前が横取りしたのだろう」

「今さら、何を……！」

「既に王家の血筋の男児を産んでいるではないか。お前の役割はもう終わりだ」

ギリ、とアーヴィンは奥歯を噛みしめる。握りしめていた拳を突き出し、魔力を解き放とうと集中した。だが――

「なっ、魔力が出ない？」

アーヴィンの足元には、いつの間にか拘束《こうそく》の黒い魔法陣が描かれている。

さらにそこから、黒い煙が立ち上《のぼ》ってきた。周囲にいる魔術師が呪文を唱えている。

「お前をおびき寄せるのに、何も備えていないと思ったのか？　私が扱うのはゴーレムだけではない」

魔法によって動きを封じられたアーヴィンは、ジュストーを睨みつけた。

彼は魔力を封じ込めた黒い魔石を持っている。アーヴィンに比べ魔力の少ない彼が力を行使するのを支えているようだ。

「俺をどうしようというのだ！　前線に送り込み、二年も捕虜《ほりょ》になっていた。苦しませるなら、もう十分だろう」

「くっ、何を言うかと思えば。どうして王宮にいた私が戦場を操ることができるというのだ」

「兄上が関与していた証拠はもう、押さえてある。隣国に情報を流していたことも。……俺は、単に捕虜《ほりょ》になっていただけではない」

アーヴィンは下ろした拳を握りしめた。

「はっ、そのようなこと……お前がここで死ねば、なんの問題もない」

ジュストーが手に持った魔石を掲げると、黒い煙がアーヴィンの身体を締めつける。

魔術師によるおどろおどろしい呪文が唱えられる中、「かはっ」とアーヴィンは肺から重い息を吐いた。

「この二年、魔毒によってお前がおかしくなる姿を見ることを楽しみにしていたのに、耐性があるのか全く効かなかった。だが、これは魔術師の総力を挙げて集めた魔毒だ。くくっ、お前の大切にする女の前で、苦しむがいい！」

ジュストーが命じると、もわっとした黒い煙がアーヴィンを包み込む。

「なぜだ、兄上。俺は王位継承権を放棄すると言ったはずだ。……あなたが王位に就くのを、邪魔などしない」

「ふん、そんなことを……。お前は私から命を奪い、力ある花嫁を盗み、さらには魔力まで……王になる私には目障りでしかない！」

ジュストーが叫ぶと魔石がまた黒く光る。煙はまるで意思のある腕のように、アーヴィンの首に巻きついた。

すると「ティーリアッ！」と叫んだ彼の声が虚《むな》しく響き渡る。

「ははは！　これでもう、お前は終わりだ！　ようやく……ようやく全ての力を得ることができる！」

ジュストーの高笑いを聞きながら、ティーリアはうっすらと目を開けた。

◆

目の前で苦しむアーヴィンを見て、ティーリアの靄《もや》のかかった頭が一気に覚醒する。

黒い煙は魔毒の塊《かたまり》だと言っていた。魔毒であれば、自分の力で浄化できる。

ティーリアは縛られた腕を上げると、どうにかして指輪に口づける。ジュストー達はアーヴィンを注視しているため、彼女の動きに気がついていない。

ガリッと歯を立てて指輪を噛む。そうしないと、すぐに指輪を離してしまいそうだった。

——大丈夫、間に合うはずよ……アーヴィン、あなたにまとわりつく魔毒を、今から浄化するから！

ティーリアは全身の力を込め、祈りに集中する。浄化の力は指輪を通じて、アーヴィンに届いているはずだ。

目の前がうっすらと暗くなっていく。血の流れが滞《とどこお》り、まるで酸素不足のように脳が痺《しび》れ始めた。

それでも、祈ることを止めない。

——もう少し……あと少しだから！

目を閉じ、歯に力を入れ指輪を離さないでいるうちに、だんだんと意識が朦朧《もうろう》としていく。これほど一気に力を使うのは、初めてのことだった。

——お願い……アーヴィンを守って！

黒い煙は一向に消えることはない。だが、ティーリアの耳に掠《かす》れた声で囁く声が届く。

「もう、大丈夫だ」

ハッとして目を開けると、ティーリアはアーヴィンのいる方向を見た。黒い煙の中から一本の腕が出ている。

彼の手の先から、燐光が放たれる。光は一本の筋となり、無数の筋が魔術師達を捕らえていく。

一瞬の技だった。

「うぁっ」

「ぐおっ」

短い悲鳴が響き、魔術師達が身体に巻きついた光の輪によって拘束《こうそく》される。

隷属の腕輪は魔法金属《ミスリル》の糸によって粉々にされていた。

「なんだと？」

ジュストーが驚愕して叫んだ途端、タンッと足音を立ててアーヴィンが魔法陣から飛び出した。

するとドスッという重い音と共に、ジュストーが腹を押さえてうずくまる。さらにアーヴィンは彼を蹴り上げると、光の輪で縛り上げた。

「兄上……俺はあなたを信じていました。前線に送り込むように命じたのは、兄上ではないと」

顔を歪《ゆが》ませたアーヴィンはそう言い捨てると、ティーリアの方へ身体を向けた。

魔毒を浄化するために気力を振り絞った彼女は、全身の力を緩めている。長いまつ毛を震わせながら、顔を上げた。

「ティーリア、待たせたな。すまない……兄上から言質を取りたくて、すぐに助けられなかった」

悲しげに眉根を寄せたアーヴィンが手を伸ばしたところで、後方からどどっと大きな音が迫ってくる。

「なにっ？」

「甘いな！　こんな輪で、私を抑えられるとでも思ったのか！」

巨大なゴーレムが二人に襲いかかろうとしている。その後方には、もう一つの魔石を隠し持っていたジュストーがいつの間にか拘束を抜け出て、腹を押さえながら立っていた。

「しまった！」

ゴーレムの腕が伸びてくる。その攻撃を防ぐために、アーヴィンはティーリアの上に覆い被さった。

「きゃああっ」

「ぐっ」

アーヴィンが咄嗟に張った障壁がゴーレムによって打ち砕かれる。その衝撃が伝わったのか、アーヴィンはくぐもった声を出した。

「お前など……この私に盾突くからだ！」

「兄上っ！」

どごっと重い音が響く。ゴーレムの攻撃は次々と作り出される障壁によって二人に届かない。ほんの短い時間のはずが、永遠にも感じられる。だが――

息を先に切らしたのは、ジュストーの方だった。

「兄上、止めるんだ。ゴーレムは操る者の命を削る……もう、止めてくれ」

立ち上がったアーヴィンは、眉根を寄せながら手を上げた。

すると魔法陣がゴーレムの真下に出現し、動きを止める。無数の魔法金属《ミスリル》の糸がゴーレムを包み込む。あと少し力を込めると、ゴーレムは砕かれるだろう。

「なにをっ！」

「兄上っ！　もう止めるんだっ」

魔法で押さえつけた力を振り切ろうと、ジュストーが魔石を頭上に掲げた。すると糸を切るように動いたゴーレムが、その巨体を倒してくる。

「いやぁっ」

目を閉じて叫ぶけれど、降ってくるのは泥の塊《かたまり》だけだった。アーヴィンの放った魔法金属《ミスリル》の糸が全てを粉々に砕きつぶしていた。

「うぁああっ」

ジュストーが低く重い唸《うな》り声を出す。魔石も砕かれ、破片が顔中に降り注いでいる。さらに顔を手で覆った彼の頭上から、黒い煙が糸のように上《のぼ》っていった。

「……兄上」

アーヴィンはティーリアを抱き寄せながら、冷たい目でジュストーを見つめる。顔中から血を流してうずくまる彼はもう、それ以上抵抗することはなかった。

◆第八章

ティーリアが連れてこられたのは、ジュストーの持つ離宮の地下室だった。アーヴィンの部下の騎士達が到着した後は、後処理を任せて家に戻る。

クリストファーのことが心配だったが、彼らは咄嗟に隠れていたため、そのまま家にいて無事だった。

「エルデ、ありがとう。助かったわ」

「いいんだよ、クリスももう寝てしまったから。でも、無事に戻れて良かったよ」

いきなりゴーレムに動きを封じられ、連れ去られたティーリアのことを心配していたエルデは、彼女の無事を確認して胸を撫で下ろす。

もう危険はないからと、ティーリアはクリストファーと一緒に寝台に横になり、ようやく安心した。

どうしてジュストーがあれほどアーヴィンを恨んでいたのか、未だによくわからない。

うずくまっていたジュストーがどうなるのか、知らされていない。

ただ、家に戻って休むようにと伝えられただけだ。

目を閉じたティーリアは、すやすやと眠るクリストファーの寝顔を見ながら、いつの間にか意識を手放した。

それから数日、ティーリアの家にアーヴィンが戻ることはなかった。変わったことと言えば、騎士団から護衛が派遣され、家の周囲を警戒されるようになったことだ。

事件の後処理に追われている、と聞かされていたティーリアは、クリストファーの相手をしながら待つしかない。

今後について話したいと思いつつも、穏やかな日が過ぎていくばかりだ。

――これから、どうなるのかな……

新聞を読んでも、王室のニュースは何も載っていない。アーヴィンが戦地から戻ったことも、表には出ていない。

それでも、何事もなかったかのように過ごすことはできないだろう。

王太子であったジュストーが無事でいるとも思えない。そうなると、王家に残されているのは彼しかいない。

「あぶー」

「あっ、こら。クリスはもうっ……そうだね、パパが恋しいよね」

クリストファーも、あれだけ傍にいて世話をしていたアーヴィンを求めている。こうなると、自分が覚悟を決めるしかない。

ある日、ようやく時間が取れたといってアーヴィンが顔を出した。そしてやってきて早々に、外出しようと二人を誘い出す。

「ティーリア、クリスと一緒に旅行に行かないか？　綺麗な湖があるんだ」

「旅行？　そういえばクリスを産んでから、この場所を離れたことがなかったわ」

「気分転換も兼ねて、行かないか？」

ジュストーの事件が起きてから数日、こんな時にと思わなくもないけれど、断る理由は見つからない。

これまでは生活することに精一杯で、旅行するほどの余裕はなかった。日常生活に戻ると、あのゴーレムに怯えた日々がまるで遠いもののように感じる。

「うん、だったらお弁当を作って持っていこうかな」

「そうだな」

馬車に乗って三刻ほどで到着する道のりと聞き、ティーリアは頷いた。長い道のりは不安だけれど、三刻ほどであれば問題ないだろう。

ソワソワとした気持ちで久しぶりに馬車に乗ったティーリアは、以前の暮らしを思い出す。見かけは質素だけれど、座面は柔らかいクッションがあり座り心地がいい。揺れを抑えるように工夫された馬車だ。

クリストファーは馬を見ると興奮したように声を出した。それを見て、アーヴィンが「そうか、馬が好きなのか」と微笑んでいる。

——馬が好きだなんて……そりゃ、貴族の男性にとっては必要不可欠だよね。

庶民であれば余程のことがなければ馬に触れることはない。けれど、そろそろクリストファーの将来も考えないといけない頃だ。

アーヴィンが戻る前は、このまま庶民として暮らしていこうと思っていた。贅沢《ぜいたく》はできなくても、なんとか暮らしていける収入はある。

でも、クリストファーは王家の血筋だから、きちんと考えないといけない。

アーヴィンとはずっと一緒にいたいけれど……もう、乙女ゲームのシナリオとは違うこの世界で、どう生きていくのが正解なのかわからない。

この旅行中に、ジュストーのことを教えてくれるのだろうか。わからないことが、ティーリアの不安を煽《あお》る。

その悩みに気付いているのかいないのか、彼はずっと沈黙を貫いていた。

ティーリアはゆっくりと進む馬車に乗っている間中ずっと、彼の腕の中で幸せそうにまどろむクリストファーを見る。

――もう、この子とアーヴィンを引き離すことはできないよね……

馬車は予定の時刻通りに、湖畔《こはん》に立つ小さな城の前で止まった。

「アーヴィン、小さな湖のほとりに立つ宿って……この城ってこと？」

「ああ、そうだよ。使用人は最小限に抑えているから、うるさくはないはずだ」

どう見上げても美しい白亜の城。

細長い尖塔があり、深い緑に囲まれている。側には透き通るように美しく碧《あお》い湖があり、湖を囲むように小道が整備されている。

「湖の周囲を走ることができるようにした。トレーニングするには、うってつけの場所だろう？朝になると、鳥のさえずりを聞きながら走ることができる」

「アーヴィン！　どうして私が走ること、知っているの？」

出産後も走り続けていた件は、伝えていなかった。

それなのに、いつ気がついたのだろう。

「君のことならなんでも……って言いたいところだけど。実は捜査している中でわかったんだ」

騎士団によって拘束《こうそく》されたシャナティが明らかにしたことだった。

以前、ティーリアがマラソン大会に出場していた姿を、たまたま王都内にいた彼女に目撃されていたのだ。そこから居場所が調べられ、ゴーレムが送り込まれたそうだ。

「そんなことが、あったのね」

なるべく目立たないように、と気をつけていたのに。

それでも、走ったこと自体は後悔していない。

目の前に広がる美しい風景を見て、思いきり空気を吸い込んだ。城には驚いてしまうけれど、湖の周囲を走れるなんて素晴らしい。

空気の澄んだ場所なら、きっと走りやすいだろう。

「さぁ、中に入ろう」

アーヴィンは二人を先導するように扉を開けた。すると城の中は壮麗でありながらも、どこかすっきりとしている。

「小さな子どももいるからね、危険な装飾品は取り外しておいたよ」

「ねぇ、アーヴィン。最近忙しかったのって……ここを整えるためだったの？」

「それもある」

ティーリアが驚きながらも城を気に入った様子を見て、アーヴィンは嬉しそうに頬を緩めた。クリストファーも、普段と違う場所に興奮しているのか、きゃっきゃと声を出して喜んでいる。

「ティーリア、もし気に入ってくれたらここに……この離宮に一緒に住まないか？」

「ここにって、アーヴィン」

「君に伝えたいことがある。だから、少し落ち着いたら湖畔《こはん》に出かけよう」

「……うん」

ようやく話を聞くことができると思い、ティーリアはコクンと頷いた。

彼のことだから、きっと疑問を全て話してくれると思いつつも、不安が胸をよぎる。

荷物を置いた後で、ティーリア達は三人で湖畔《こはん》を歩き始めた。小鳥がさえずり、柔らかい日差しが注ぐ。水面は太陽の光を受けてキラキラと輝いていた。

歩きやすく整備された道を進むと少し開けた場所があり、芝生が綺麗に植えられている。

「ここでお弁当にしようか」

「うん、丁度いいわね」

親子三人でピクニック。夢に描いたような幸せの構図なのに、ティーリアの胸は不安にさざめいている。

聞きたいことが多すぎて、何から聞いていいのかわからない。そう思いつつもサンドイッチを広げて用意する。

一つ、二つと食べたところでアーヴィンがぽつりと口を開いた。

「俺と兄は……幼い頃は、仲が良かったんだ」

アーヴィンは遠くを見ながら、胸の内を明かし始める。

「それが、俺の魔力が強いとわかった頃から……おかしくなり始めた」

二人しかいない兄弟だった。共に王族としての多大なプレッシャーを感じながら、それでもアーヴィンは次男のため、少しばかり我儘《わがまま》に育った。

王家に連《つら》なる者は、魔力を持って生まれるものが多い。ジュストーの魔力は期待されたほど強くはなかったが、弟の方はまるで二人分を集めたように強力だった。

ジュストーは魔毒に苦しむアーヴィンを冷たい目で見下ろすようになる。さらに、二人の関係を悪化させる出来事が起こった。

「その頃、ティーリアと初めて会ったんだ。幼いながらも、一目見て俺のものだ、って思った」

そこからの彼の行動は素早かった。王妃がまだ幼すぎると言っても、アーヴィンは頑として譲らない。

「兄は納得していなかったんだろう、エヴァンス公爵は娘を王太子に嫁《とつ》がせるつもりだった。それを、俺が強引に婚約者に指名した」

将来の国王の妃は、実家が強力な方がいい。

公爵家の中でも、エヴァンス公爵は王家に近く強い後ろ盾となる。年齢もそれほど離れていないとあれば、王太子の婚約者としてはうってつけだった。

だが、アーヴィンの強硬な意見でティーリアは彼の婚約者となる。これが二つ目のきっかけだった。

さらにアーヴィンの膨大な魔力量が顕著になるにつれ、事件が起きた。

「俺は魔力を使えることにいい気になっていた。それで、土砂降りの雨の中で兄と魔力の勝負をしたんだ。魔力で身体に膜を貼り、濡れないでどこまで耐えられるのか。兄は……俺とは違い、膜を貼ることすらできなかった」

「それで？」

「結局、雨に打たれた兄は高熱を出して寝込んでしまい……医者から、子どもを作る能力が著《いちじる》しく低下したことを、聞かされた」

「なんですって？」

衝撃的な内容だった。王族の、それも王太子に立てられた者が子を成せないなんて。

「それで……兄は絶望した。まだ幼かったから、自分の身体が欠陥品となったと思い込み酷く落ち込んだ」

受け止めるには重い事実に、幼い彼は悲嘆したのだろう。

次代を継承する王子を産むことを期待される立場としては、厳しい現実だ。

「王家の秘密だから、この件を知っている者は少ない。俺のせいではないと言われたが、俺を恨むことで兄の気持ちが落ち着くなら、と思っていた。だが……年々女性関係が派手になっていった」

ジュストーの女性とも見紛うほどの超絶美形は、精子を作る機能がないことが関係していたのかもしれない。

子種を作る機能がないだけで、性交そのものは問題ない。そのため、彼は美貌と地位を利用して女性を貪っていたという。

「でも……そんなの、相手の女性がかわいそう」

「そうだな。兄の子を成せば、王妃にもなれると思っただろうな……だが、そうはならない。次代の王となる子どもは、何も王太子の子でなくてもいい」

「それって」

「ああ、スペアの俺がいたからだ。だから君が成人したその日に純潔を奪うことを許された。……次代を産ませるのは、俺だと思われていたからだ」

「そんな……そんなこと、教えてくれなかったじゃない」

あの日、アーヴィンが国王と交わした言葉の意味。彼が得た許可とは、まさしくティーリアと身体を繋げることの許しであった。

「王家の秘密だから結婚するか、子どもを産むまでは教えることができなかった。……すまない」

「でも、私は避妊薬を飲んでいたのに。あっ、でも！　まさか！」

避妊薬は、アーヴィンから渡されていた。本物だと思っていたけれど、違ったのだろうか。

「そう、そのまさかだ。避妊薬というより、むしろ妊娠機能を高める薬だった」

「そんなこと！」

「騙していて、すまなかった。もし、俺が戦地に出た時点で妊娠したことがわかっていたら……君は王家に拘束《こうそく》されていただろう」

あまりのことに身体が震える。

あの時点で公爵家から逃げなかったら、クリストファーごとジュストーに縛りつけられていただろう。

ジュストーは王に求められる強大な魔力、子を作る機能、さらには強い後ろ盾を持つ婚約者、その全てを弟であるアーヴィンに盗まれたと思い込んでいた。

そしてそれら全てを、奪い返そうとした。

「俺は、ティーリアさえ傍にいてくれたら満足だったんだ。たとえ王となった兄に過酷な命令を出されても、耐えるつもりだった。だが……俺を敵国に渡して殺し、君を手に入れようとした」

アーヴィンは苦しげに拳を握りしめる。

彼にとって、家族であるジュストーに命を狙われたことは、やはり衝撃だった。

「兄は……俺を魔毒で苦しめるはずがいつの間にか浄化されていることや、ティーリアに逃げられたことで、半ば自暴自棄になってしまった」

少ない魔力を補うために魔術師を集め、強力な魔石を作る。それらを駆使して、ゴーレムを生み出した。自分の命を削ることになろうが、構わなかったのだろう。

「ティーリア、兄は廃太子となることが決まった。表向きは病気のため、だが……」

「あの時、力を失ったの？」

「ああ、ゴーレムを操りすぎたのだろう。今は……まるで生きる屍《しかばね》だ。今後は北の辺境にある塔に幽閉される」

王太子が戦争中の敵国と通じていた件を公表しては、王家の権力を揺るがしかねない。

結局、ジュストーは王太子の地位をはく奪され、北の塔に監禁されることとなった。

「そうすると、次の王太子は」

「……俺しかない」

ひゅうっと二人の間を風が通り抜けていく。

ある程度は予測していたけれど、彼の口から聞くとやはりショックを受ける。とうとう、この時が来てしまった。

「でも……だったら、今まで通りの生活は」

アーヴィンは身体の向きを変えると、ティーリアの両手を握りしめた。顔を左右に振り、瞳の碧《あお》が深くなる。

「ティーリア。俺と結婚して、一緒に暮らしてほしい。……王太子妃として」

「待って……そんな、だからこの離宮なの？」

「ああ、ここであれば王宮からも離れているし、使用人も少なくて済む。ティーリアの望むような生活ではないかもしれないが、少しでも近いものを用意したつもりだ。もちろん、クリストファーの教育もできる」

ティーリアはアーヴィンから目を逸らした。

覚悟はしていたが、ここで彼の手を取れば庶民の暮らしを捨てるだけでなく、王太子妃としての重責を持つことになる。

さらに、クリストファーは重要な後継ぎになる。

「クリスのことを考えると、今のままじゃダメなのね」

「すまない。こんな展開にならなければ、あそこに住み続けることも考えたけど……クリスにはしっかりとした身分が必要だ」

離宮とはいえ王宮の一部に住み、公爵令嬢の身分を取り戻して王太子の妃となる。

それがクリストファーにとって大切な後ろ盾となる。貴族をまとめ上げるには、母親の身分が低いままでは苦労が絶えないからだ。

「わかった……わかったけど」

「今すぐ返事をくれとは言わない。ただ……俺の傍にいてほしい」

どこか不安げに瞳を揺らしながら、アーヴィンはティーリアを見つめた。いつも自信に溢れている彼にしては、珍しい瞳の色をしている。

「アーヴィンは、大丈夫なの？　これまで、王太子になるなんて……考えていなかったよね」

幼い頃から一緒にいたから、彼が王位を望んでいなかったことを知っている。

たとえ仲の良くない兄弟だとしても、王位に就いたジュストーを王弟として支えようとしていた。

それなのに、今回の事件で彼が将来は王位に就くことになる。

「だから、ティーリアには傍にいて俺を支えてほしい。辛い道だとは思うが……一緒に、来てくれないか？」

これまで散々「夫です」とか、「結婚しています」と言っていたのに、アーヴィンは今さらながら問いかける。

決して返事を強要しないけれど、彼の本心は必死にティーリアを求めていた。

「もし私が結婚を断ったら、どうするの？」

「どうしようかな。考えていない」

アーヴィンは顔を上げて湖を見ている。穏やかな風が吹いていていた。

仕方がないな、と思いつつティーリアは隣にいる彼を見上げる。

「……もう、意地悪しない？」

「それは善処する」

「約束して！　もう人前で恥ずかしいことなんてしたくないから」

顔を赤くしたティーリアを見て、アーヴィンはくつくつと笑ってクリストファーを引き寄せた。

「わかった。では、未来のクリストファー陛下に誓います。私、アーヴィン・ケインズワースは、いついかなる時でもティーリア・エヴァンスを愛し、慈《いつく》しむことを誓います。そしてどんな敵からも守り、良き夫、良き父親として意地悪しないことをここに宣言します」

「アーヴィン……」

クリストファーはだー、だーと声を上げると足をバタバタとさせた。下ろした途端、アーヴィンの腕を掴んで立ち上がろうとする。

「あっ、クリス！」

二人の目の前で、クリストファーは足を踏ん張らせて立っている。初めて、自分の足で立つことができた。

「見てっ、クリスが！　ねぇ、歩きそうだよ？」

「ああ、本当だな」

一歩進もうとしたけれど、コテンと尻もちをついてしまう。

歩くのはまだハードルが高いのだろう。それでも、今まで寝ているかはいはいばかりだった息子が立ち上がることができた。

感動はひとしおだった。

「ねぇ、アーヴィン。クリスも成長しているんだから、私達も成長しないとね」

目に溜まった涙をぬぐったティーリアは、これまで逃げてばかりいた自分を反省する。

アーヴィンはかなりの譲歩をしてくれた。ここまで来てなお、自分の我を通すことはできない。

「アーヴィン・ケインズワース殿下。私もあなたを愛しています。どうか良き妻、クリストファーの良き母となれるように、いつも一緒にいて導いてください」

ティーリアが指輪をはめている左手を出すと、アーヴィンはその手を取って指輪に口づけた。

「喜んで」

風がふわりと舞い上がり、木々が謳《うた》うように枝や葉を揺らす。

ざわざわとした音は、まるで二人を祝福するようだった。

「これも、アーヴィンの魔術なの？」

「風を起こしただけだ」

それでも、嬉しさが込み上げてくる。

三人で新しい生活を始める覚悟を決めたティーリアは、突き抜けるほどに青い空を見上げた。涙の意味が変わっていく。——戸惑いから、喜びへ。

ティーリアは振り返りながら、満面の笑顔をアーヴィンに見せた。

「ねぇ、アーヴィン。私もあなたに伝えていなかったことがあるの。聞いてくれる？」

「もちろんだよ」

これまで話せなかった前世のこと。ティーリアは心にかかっていた全てをアーヴィンに伝えるのだった。


それからの動きは早かった。街中の家から荷物を移すと共に、近所の人達へ引っ越すことを伝える。するど誰もが「また家族が増えるからだろう？」と見当違いのことを言ってくるけれど、あながち違うとも言えない。

はは、と乾いた笑いを見せ、ティーリアはロデオ達にも挨拶をして事情を説明する。

「いやぁ、訳ありだなとは思っていたが、まさかリアが公爵令嬢だったとは」

「そうなの、今まで黙っていてごめんなさい」

「いや、事情もあっただろうし、リアはリアだ」

ロデオもエルデも、笑顔で見送ってくれる。

どうやら辺境での戦いが終息したため、これまでのように浄化ポーションも売れないから、納品はまたできる時でいいと言われた。

「本当に、リアが幸せになってくれるならね。クリスもいいパパが来てくれて、良かったわね」

「はい、本当に。アーヴィンは世界一の旦那様です」

「あれ！　この子ったら。のろけているよ！」

二人の前では気取ることなく話ができる。王太子妃になるけれど、隠れて遊びに来た時はリアと呼んでほしいと伝えると、彼らも喜んでくれた。

「とにかく、身体を大切にしてね」

「うん、次に会えるのは……マラソン大会かな」

「なに？　まだ出場するのか？」

「はい、走り続けることが結婚の条件のようなものだったから」

そう伝えると、貴族なのにとんでもない妻だけど、それを許す夫も夫だと二人で大笑いをしている。マラソンには「リア」としか登録していないことを伝えた。

「そうかぁ、リアとして頑張れよ。で、次の大会からは本名で出場して、大会関係者の度肝を抜いてやれ」

「そうね、そんなことができたら嬉しいけど」

その頃には、王太子妃としてアーヴィンの隣に立っているだろう。

果たして自分がマラソン大会に出場できるかわからないけれど、いつか試してみたい。貴族も、貴族でなくても走ることはすばらしいことに違いないから。

「元気で過ごすんだぞ」

「うん、エルデもね。今まで、ありがとう」

ふくよかなエルデを抱きしめる。この温もりがあったから、一人でもクリストファーを産んで、育てることができた。

「何かあったらいつでも帰ってこいよ」

「ありがとう、頼りになります」

ティーリアは二人に別れを告げた。

これからは王太子妃としての生活が始まる。そのことに不安を感じないわけではないけれど——

気持ちを切り替える。

薬師リアは、こうして役割を終えた。


二人は夫婦となるために、エヴァンス公爵に会うことにした。父には事前にアーヴィンが連絡を入れてある。

久しぶりの親子の対面となった。勝手に家を出て、心配させていただろう。

特に母である公爵夫人は心労で寝込んでいたと聞き、ティーリアは申し訳なさでいっぱいになった。

湖畔《こはん》にある離宮に来た二人は、ティーリアの姿を見た途端、涙を流し始める。

「お父様、お母様。心配をかけてしまい、本当にごめんなさい。でも、今はアーヴィンとクリストファーと、幸せに暮らしているから」

「本当に……お前は……親に黙って子どもまで産んで」

「ティーリア、大変だったわね。産後は大丈夫なの？」

「はい、お母様」

以前よりもほっそりとした二人を見ると心が痛む。

けれど、クリストファーを見てすぐ、二人は嬉しそうに彼を抱き上げた。

「まぁ！　ティーリアにそっくり！　髪の色は殿下に似ているけれど、目の形はティーリアだわ！」

「そうだな、私達の孫だ」

クリストファーは二人にとって初めての孫だ。目に入れても痛くないと言わんばかりに可愛がり始めた。

母は嬉しそうに顔をほころばせる。そんな妻を見た公爵が、ティーリアに話しかけた。

「これからは、この離宮で暮らすのか」

「はい、殿下が全てを用意してくださいました」

「……良かったな。幸せそうで、良かった」

最後は言葉にならなかったけれど、親の愛情をひしひしと感じる。ティーリアも親になったからこそ、わかる感情だ。

「陛下にもお見せしたのか？」

「いえ、今度戦勝記念の夜会があるので……その時に連れていきます」

「そうか、きっと喜ばれるだろうな」

「ええ、父も母も喜びます」

それまで隣に控えていたアーヴィンが一言添えた。

王家にも既に、クリストファーの存在は伝えてある。夜会で、正式にティーリアのことを王太子妃として紹介する予定になっていた。

「きっと、口さがない者もいるだろうが……クリストファーがこれだけ殿下に似ていれば、誰も文句を言わないだろう」

「俺が言わせません」

「そうだな、殿下。娘をよろしく頼みます」

「はい、任せてください」

アーヴィンは誠実に返事をすると、腰を曲げて頭を下げた。

久しぶりの両親との再会を終えたティーリアは、お披露目に向けて忙しくなる。マナーから何から全て思い出さなくてはいけない。

また夜会にはクリストファーの子守りという名目でエルデを呼んでいた。気難しいクリストファーを安心して預けられるのは、彼女しかいないからだ。

そのためエルデ用の侍女を選定し、二人を引き合わせる。

その間にドレスを選ぶための打ち合わせが入るなど、ティーリアは王太子妃としての生活に忙しくなった。

それでもかつては公爵令嬢として振る舞っていたのだからと、気持ちを奮《ふる》い立たせる。

最低限の社交しかしなくていい、とアーヴィンからは言われているけれど、これはその最低限の社交だ。

ティーリアはその日、輝くばかりに着飾った。全てはクリストファーの未来のために、自分を高貴な身分と知らしめる武装だ。

アーヴィンのエスコートを受け、ティーリアは王宮の廊下を進んでいく。赤いじゅうたんが敷かれ、廊下には明かりが煌々《こうこう》と輝いていた。

戦勝記念式の会場には、既に国内の主な貴族が集められている。

今夜はスギリル帝国の侵略を止めたアーヴィン第二王子の慰労会を兼ね、また重要な発表があるとだけ伝えられていた。

ティーリアは今日のために、淑《しと》やかで気品のある夫人と見えるよう、白い布地に輝くビジューを無数につけた、ボリュームを抑えたドレスを着ている。

髪は全てアップにして、毛先は揺れて輝くようにセットしていた。

紅赤色の珊瑚《さんご》のネックレスは、アーヴィンから贈られたものだ。

最近は使用人がいるため、自分で家事をすることが少なくなった。今夜のために水仕事を控えたこともあり、手は元の通り綺麗になっている。

輝くばかりに美しい彼女を見て、会場にいる多くの者が嘆息する。

久しぶりに姿を現したティーリアは、以前よりもどこか強さを秘めた美しさを放っていた。

二人が入場を終えると次に、国王夫妻が入場する。

「ティーリア・ケインズワース妃殿下、こちらへ」

ざわついていた会場が水を打ったように静かになる。

ティーリアはアーヴィンの妻として初めて正式に紹介された。国王より、戦時中のため結婚の署名を終えていた旨の説明がされると、皆納得したように頷いた。

また、今後アーヴィンの立太子の儀と共に、大々的に結婚式を行うことも伝えられる。

「さらに、喜ばしい報せがある。夫人は既に第一子となる王子を産んでおる。クリストファー・ケインズワースだ」

おおお、と会場全体が揺れるように歓喜の声が上がった。

国王と第二王子が正式に認めた子どもであれば、王位継承権がある。

王太子であったジュストーが廃太子された今、アーヴィンしか直系男子がいないため、男児を授かっていたことは慶事だった。

特に、アーヴィンにそっくりな髪と瞳、そして顔つきをしているクリストファーであるから、誰もその出自を疑う者はいない。

強い魔力を持つと知らされると、さらに期待の眼差しで見つめる。

クリストファーのお披露目が無事に終わると、アーヴィンの叙勲《じょくん》に移った。

皆、アーヴィンが敵国の捕虜《ほりょ》となり長年捕らえられていたことを知っている。戦地については限られた情報しか得られない中、今回の彼の功績が説明された。

捕虜《ほりょ》となっていた期間、魔力封じの首輪をつけられていたが、移送の際に油断した敵国兵を腕一本で倒し、一人魔術を使わずに果敢に戦い逃げ延びた。

そしてダフィーナ国の陣地に到着してようやく、魔力封じの首輪を外した。

長期間の魔毒酔いの状態だったにもかかわらず、正常な精神を保っていた彼のことを皆、驚きをもって迎えた。

その後、彼は全力をかけて敵地を焼く。烈火のごとく燃え広がる炎を背景に、彼は容赦なくスギリル帝国を屈服させた。

そのことを称える説明がされ、アーヴィンは国王から名誉となる魔道勲章を得た。

「よくやった。アーヴィン。そなたの功績は、広く伝えられるであろう」

「ありがたき、幸せ」

国王の前に跪《ひざまず》いていた彼は顔を上げた。

「ついては褒賞をそなたに与えたい。何か希望があるならこの場で申してみよ」

「はい、陛下にお願いしたいことがあります」

アーヴィンはくっと口角を上げた。これは彼が何かを企《たくら》んでいる時の顔だ。

「我が妻、ティーリアの生きがいであるランニングを広く普及するため、貴族も参加できる『チャリティー・マラソン』を開催する許しをいただきたい」

今、庶民の間で流行しているマラソン大会に、貴族も参加する。

参加費を徴収し、その利益は恵まれない子どもや、シングルマザーの子ども達への支援とするなど、アーヴィンは大まかな計画を説明した。

「ですから、愛する妻の名を冠した『ティーリア杯』を開催したいのです」

「なんと……お前は本気なのか？」

「はい、もちろんです」

周囲にいる気取った貴族達は驚きのあまり声を失った。爵位持ちの騎士達は、アーヴィンの意見に同調するように喜びの声を上げ拍手している。

騒然とする中、国王は宣言した。

「わかった、おぬしの願いを叶えよう。詳細については宰相とよく話し合ってくれ」

「感謝します、陛下」

再び頭を下げたアーヴィンが顔を上げると、拳を突き上げて叫ぶ。

「ティーリア！　君の願いを叶えたぞ！」

その声を境に一気に緊張が解け、周囲は驚きつつも歓迎の拍手をして彼を称えた。

ティーリアは一人、顔を真っ赤にして何も言えなくなる。

――こ、こんなことを願うなら、きちんと事前に言ってほしかったのに！　やっぱり意地悪なんだから！

きっと自分を喜ばせるために計画したのだろう。

けれど――もっと前に教えてほしかった。その後は何を誰と話したのか、記憶がないくらい……

ティーリアは予想外のことに混乱していた。

――はぁーっ、やっぱり水のある風景って、心にしみるわ……

あまりにも周囲が騒がしくなり、ティーリアは庭園にある噴水の前に来ていた。

思えば乙女ゲームの物語は、この噴水の前から始まりを告げる。焦りながらアーヴィンを追いかけた夜が懐かしい。

——あの時感じたゲームの強制力って、結局はアーヴィンの魔力だったのよね……

もう夫婦となり、憂《うれ》いのなくなったティーリアは全てを話していた。すると彼も、シャナティがスギリル帝国のスパイではないかと疑い、探っていたことを明かした。

全ては勘違いだったのか、本当にシナリオ通りだったのか。今となっては何もわからない。

攻略対象だったガチムチ騎士のジェフは庶民の可愛らしい子と結婚しているし、知的メガネのダリルも未亡人の愛人になったと聞く。未亡人はきっと、夜の女王様だろう。

スピリチュアル系暗殺者のジルは、時折アーヴィンのいない隙に顔を見せるけれど、どうやら彼は同性も好きらしい。最近は可愛がってくれるマスターができたと言っていた。

イケオジ王弟のデュークは相変わらず独身貴族を謳歌《おうか》しているが、ティーリアに必要以上に近づくことはない。

皆、ゲームのシナリオに関係なくそれぞれの人生を謳歌《おうか》している。

そして、残ったのはシャナティ・メティルバ男爵令嬢。

彼女は事件の後、拘束《こうそく》され貴族用の牢に捕らえられていたが、聴取が終わると釈放されていた。これといった悪事をしておらず、ジュストーが「彼女は私が利用したに過ぎない」と庇ったからだ。

だがメティルバ男爵はシャナティとの養子縁組を解いてしまった。一度でも騎士団に拘束《こうそく》された者に、令嬢としての利用価値はないと判断したのだろう。

家から追い出され、かつての庶民の身分に戻った彼女は……ある日、ティーリアの住む離宮を訪れた。

「ティーリア様、お客様がおいでですが、お通ししてもよろしいでしょうか？」

「まぁ、どなた？」

「シャナティ様、とおっしゃっております」

「……わかったわ、客室に通してあげて」

「かしこまりました」

一人でティーリアを訪れた彼女は、以前と比べると様子が随分と違っていた。襟もとが白い緑色の質素なワンピースを着て立っている。

これまでと違い、ピンク色の長い髪を後ろで一つにして縛っている。化粧の仕方も変えたのか、うっすらと頬に赤みをのせているだけだった。

「ティーリア様、本日はお会いくださり、ありがとうございます」

今は庶民と言っても、かつては男爵令嬢として社交界に出ていた人だ。美しいカーテシーをして挨拶をする。かつてのキリキリとした様子はなく、神妙な顔をしていた。

「この前は、本当に申し訳ないことをしました。謝らせてください」

ゆっくりと頭を下げた彼女は、真摯《しんし》な顔をして謝罪を口にする。本当に心から申し訳ない、と思っているのだろう。口元が震えている。

「あなたは単に、ジュストー殿下に利用されただけと聞いています」

「それでも、ティーリア様を騙すようなことをしました。本当にごめんなさい」

ジュストーと付き合っていた彼女は、権力を持つ彼に従わざるを得なかった。ティーリアを結界の張られた扉の外に出させるために、声をかけるようにと言われたのだろう。

その件には複雑な感情があるけれど、彼女も被害者の一人だ。それに男爵に捨てられ、社会的な制裁はもう十分に受けていた。

「あの時、クリストファーを一緒に連れていくこともできたのに、あなたは探さないでいてくれたと聞いています」

「……赤ちゃんは、巻き込みたくなくて」

「そう……」

かつての彼女とは大違いの様子に、戸惑いを感じる。

頭を上げるように、と伝えてようやく彼女はティーリアと目を合わせた。少し潤んだ瞳をして、庇護欲を駆り立てる姿は変わらない。

「シャナティ……クリスを守ってくれたこと、お礼を言うわ。ありがとう」

「そんな、王太子妃となる方にお礼を言われるようなことでは、ありません」

「私が言いたいの。それに、あなたも知っている通り、つい先日まで私は庶民の暮らしをしていたのよ。あなたもこれからはそうなるの？」

「はい、養父から家を追い出されましたので。でも元々庶民の出身ですから大丈夫です。それに……行きたいところがあるので」

何か、つきものが落ちたかのような顔をしている。

前回見た時は必死な顔をしていたけれど、今はどこかさっぱりとしている。もう、乙女ゲームのことは諦めたのだろうか。

あれほどシナリオ通りになると主張していたのに、この二年間が彼女を変えていた。

「行きたいところって？」

「……ジュストー殿下が幽閉されている塔で、働こうと思っています」

「殿下のところって、本気なの？」

「はい」

なんと、彼女はジュストーを追いかけるつもりだと言う。驚きで声が出ない。

「でも、殿下はもう……姿も随分と変わられたって聞くわ」

「知ってます。一度、面会させていただけたので。お世話をしたいと言ったら、断られました」

「そうなの？　それでも行くの？　殿下はもう、一生塔から出られないのよ」

「はい。だから、私くらいは近くにいさせてほしくて」

騎士団によると、ジュストーは片方の目を失明し、顔にも傷痕が残り以前ほどの美しさはないという。何よりも、生きる気力を失った様子だと聞く。

「私……この二年間、ずっと殿下の傍にいたんです。誰も元庶民の私には話しかけてもくれないのに。殿下だけは違いました」

どうやら、彼女なりに考えたのだろう。

この世界が乙女ゲームとは違うことを体感し、その上で気がついたのはジュストーへの愛だという。

狂気に走る彼を止めることができず、歯がゆかったようだ。全ての決着がついた今、彼だけを追いかけようと心を入れ替えたという。

「そうなの、気をつけてね。北は寒いと聞くから……」

それでも北に向かう前に、同じ転生者としてどうしてもティーリアに謝りたかったようだ。

まとわりつく余計なものを捨て、愛に生きると言ったシャナティはとても美しかった。

彼女の今後が祝福されるように祈りたい。

シャナティのことをアーヴィンに伝えると、優しい彼は「兄上の傍に、そうした人が一人でもいるといい」と言って黙り込んだ。

彼なりにジュストーのことを想ったのだろう。それ以上、何も言うことはできなかった。

「ティーリア、ここにいたのか」

姿が見えないからといい、庭園までアーヴィンが探しに来た。白い隊服が月夜に浮かび上がるように美しいけれど、彼にはどうしても言いたいことがある。

「アーヴィン、なんで私の名前のマラソン大会を褒賞に願うのよ！　そういうことは、事前に相談して！」

口をすぼめて抗議すると、彼は腕を組みながらにやりと笑った。

「事前に言っていれば、反対しただろう」

「そ、そんなの当たり前じゃない！」

「いいではないか。ティーリアの名前が皆に知れ渡る機会になる。人気が出れば、クリストファーの助けにもなるはずだ」

「む……ひどい、クリスのためと言えば私が文句言わないと思って」

「そうだな」

アーヴィンは全く悪いと思っていない。むしろティーリアの慌てた顔が面白かったのか、くつくつと嬉しそうに笑い始めた。

そんな彼を見ていると、怒っていたことも忘れそうになる。

——言いたいことは他にもあるけれど……まぁいっか。

アーヴィンはこれから、王太子という枷《かせ》のありまくる生活になるから、せめて自分と一緒の時くらい笑っていてほしい。

ティーリアもつられてくすりと笑うと、月が頭上に輝いていることに気がついた。

「アーヴィン。クリスも慣れない場所で疲れていると思うから、そろそろ帰る？」

「ああ、もう寝ているだろうが……エルデに任せっきりだからな」

「舞踏会を楽しみたいところだけど、仕方ないわね」

今夜はまだアーヴィンと踊っていない。

今さら言い出すこともできず、ティーリアはしゅんとする。すると、アーヴィンは流れてくる音楽に合わせて手を差し出した。

「奥様、今宵は私と一曲踊っていただけませんか？」

「ちょっと、アーヴィン？」

彼は腰を折りダンスを願う正式なポーズをする。ティーリアは驚きつつも手を取った。

「月夜に二人きりのダンスだ」

「……そうね」

アーヴィンと一緒に踊るのは二年ぶりだ。婚約者の彼はいつでもティーリアの傍にいて、ファーストダンスの相手をしていた。

あの頃のように、すぐ傍にキリリと引き締まった精悍《せいかん》な顔がある。

――やっぱり、アーヴィンってかっこいい……

どれだけ見ても見飽きない。幼い頃からずっと、ティーリアはアーヴィンのことが好きだった。

――クリスと一緒なら、一人でも生きていけると思ったなんて、ちょっと傲慢《ごうまん》だったかな……

音楽に合わせて、二人で息の合ったステップを踏む。

身体を揺らしながらティーリアは、アーヴィンが隣にいてくれる幸せを噛みしめる。

月は白い衣を着た二人を、余すところなく照らしていた。

「ティーリア……まだ、時間はあるよね」

「え？　ええ、そうね」

クリストファーにはエルデがついている。時間も遅いから、もう寝ているかもしれない。音楽は続いていたが、アーヴィンは足を止めると噴水の傍にある木の茂みに引き寄せた。

「今日の君は……昔を思い出すよ。ここでも一緒に、よく語り合ったよね」

「え、ええ。そうね……この噴水の前で、腕立て伏せもしたよね」

いつの間にかアーヴィンの身体が密着し、顎を持ち上げられた。

この流れは……なんだかよろしくない方向に行きそうで心配になる。

「ね、アーヴィン。そろそろ戻ろうよ」

「まだ、いいだろう？」

はぁ、と熱い息が耳にかかると同時に、アーヴィンの手がいやらしく臀部《でんぶ》をなぞる。丸みを確認すると同時に、自身のトラウザーズのベルトに手をかけた。

「えっ、ええっ、アーヴィン？　どうしたのっ？」

「ここで君と繋がりたい」

「ちょっと、こんなところ！　誰かに見られちゃうっ」

「いいよ、見られたって」

――よくないっ、よくないからっ！

声に出す前にアーヴィンの口で塞がれる。蠢《うごめ》く手がスカートをまくり上げ、ドロワーズのクロッチ部分をまさぐり始めた。

「だ、だめだよっ」

「大丈夫だ」

カチャカチャと音がする。ベルトを外しているに違いない。

アーヴィンには以前も王宮の廊下で襲われたことがある。木陰だとはいえ、舞踏会のざわめきも聞こえるような庭園の、それも噴水の近くとあって落ち着かない。

以前は、見えないように遮視の魔術を使っていたらしいけれど……それでも、完璧な魔術なんてない。

「ねぇ、アーヴィン。休憩室とかあるよね……こんなところでしなくても」

「待てない。それにホラ……もうこんなに昂《たかぶ》っている」

もう、聞く耳を失くしている。

こうなったら何を言ってもアーヴィンは止まらない。首元を舐めるだけでは飽き足らず、耳たぶを甘く噛みながらあわいをなぞった。

「ティーリアのここは、違う意見みたいだよ」

ドロワーズの上から花芽をなぞる。ぷくりと膨らんだそれは、無骨な手から与えられる刺激に敏感に反応した。

「んっ、ああっ」

「気持ちいい？　ティーリア」

「ん」

野外であっても、彼の手の動きは止まらない。

断続的にせり上がる快感が、まるで波のように襲いかかってくる。気がついた時には、ドロワーズを下ろされ直接指でいじられていた。

彼の軍服についている勲章がカチャカチャと音を立てる。トラウザーズを膝まで下ろし、ギチギチに膨らんだ昂《たかぶ》りを取り出すと先端の液を蜜口にこすりつける。

それだけの刺激で、ぴりっとした快感が背筋を上《のぼ》った。

甘やかな息を吐きながら、アーヴィンは濡れそぼった先端を蜜口に擦りつけ、つぷりと挿入する。

「ほぐしていないけど、大丈夫そうだね」

「あっ、ああっ！」

ティーリアの片足を持ち上げたアーヴィンは、熱棒を押し込むために腰をかがめ下からぐぐっと突き上げる。背中に当たる木の幹が痛い。

けれど、それ以上に誰かに見つかるかもしれない恐怖の方が、心臓に痛い。

羞恥心《しゅうちしん》が高まる一方で、緊張感と反する刺激に身体が敏感に反応する。

アーヴィンの肉棒を咥えた膣《ちつ》内は、こんなところで、と思う気持ちに反してキュウキュウと喜んで迎えている。彼の熱を感じ、愛液が溢れ出た。

「ティーリアも、興奮しているのか？」

「そっ、そんなことっ……あっ、ああっ」

興奮なんてしていない、と言いたいけれど言い切れない。

普段と違うシチュエーションに、次第に息が荒くなっていく。ゆるり、ゆるりと抽送している彼を睨むように見上げた。

「ダメよ、アーヴィン」

「その目もいいね……ティーリア。ゾクゾクする」

「そんなこと言っても、ダメだよ。……ね、恥ずかしいから部屋にいこう？」

口をすぼめておねだりするけれど、今日のアーヴィンは頑《かたく》なだった。声が出そうになった途端、口を塞がれる。

「んっ……んんっ……ぁ」

キスをしながら、抽送するスピードが上がっていく。

滴《したた》り落ちる愛液が熱棒によってかき混ぜられ、ぐちゅ、ぐちゅっという音が心なしか大きく聞こえてくる。——恥ずかしいのに、気持ちいい。

こんな動きをして音を立てていたら、二人が庭園で何をしているのかすぐにバレてしまう。

さらに白い隊服を着ているのはアーヴィンだけだ。服装だけで彼とわかってしまうのに。

——もうっ、こんなところでっ！

ティーリアの紅赤色の髪が広がり、月の光を受けて輝いている。なんだかんだ言いながらも、あと少しで達するところで、アーヴィンは腰の動きを止めた。

「どうしたの？」

「シッ」

人差し指を口に当てられる。「誰かが来たようだ」と耳元で囁かれ、ドクンと心臓が跳ねた。

「声、出さないで」

と言われるけれど、トクトクトクと心臓が脈打つ。

こんな恥ずかしい姿を見られたら、死んでしまう。いや、すぐには死ねないけど、何か大切なものがなくなる気がする。

どうやら、近づいてきたのは酔い冷ましに来た男性二人のようだ。

陽気に話しながら歩いている。

「なぁ……あのティーリア殿が子どもを産んでいたって、信じられないよな」

「それもアーヴィン殿下の子なんだろう？　魔力も申し分ないし、顔だってそっくりだよな」

噴水のたもとに来た二人は、談笑しながら煙草をふかし始める。お願いだから、そんなところでくつろがないでほしい。

けれど、おかしい。

遮音の魔法を使っていれば、こちらの音が遮られると共に、あそこにいる二人の声も聞こえるはずがない。

——もしかして、魔法をかけていないの？

かっと目を見開いてアーヴィンを見上げると、悪戯《いたずら》がばれた時の少年のような顔をしている。

口をパクパクと開けて「お願い、かけて」と頼むけれど、彼は見て見ぬふりをした。そして二人を目の端に留めながらも、構うことなく腰を動かし始める。

「……！」

なんてことだろう、彼は羞恥心《しゅうちしん》がないのだろうか。

熱杭を押し込められる度《たび》に、ぬちっ、ぬちっと水音が鳴って生きた心地がしない。遮音をしていないなら、遮視もしていないだろう。そうなると、気がつかれるのは時間の問題だ。

「あれ……変な音がしないか？」

——ちょっと！

男性の呑気《のんき》な声を拾い、心臓が跳ねる。

アーヴィンの胸を握りしめた手で叩くけれど、屈強な彼はびくともしない。声を出したくても、気づかれるのが怖くてできない。

こんな野外でしているなんて、信じられない。

森のざわめきも、風が運んでくる音楽も、木の葉の爽やかな匂いも、ロマンティックだったものが全て台無しになる。

「さぁ、盛ったカップルがいるんじゃないか？　今夜はあの二人にあてられたからな」

「ああ、しかしティーリア殿は相変わらずいい身体をしていたよな」

再び自分の名前を聞き、身体がビクッと反応する。膣《ちつ》内に挿入されていた彼の昂《たかぶ》りをきゅうっと締めつけた。

「見られている方が、気持ちいい？」

「ちっ、ちがっ」

意地悪なアーヴィンに戻ったかのような言葉に、ゾクッと背筋が凍りつく。まさか……あの時のように、攻められるのだろうか。

そうだ、彼は元々そういう人だった。最近は控えているけれど、王子様のヤンデレ気質は変わっていない。

「だったら……もっと啼きなよ」

アーヴィンは男根の先端を入口付近まで引き抜くと、捏《こ》ねるように動きを変化させる。

啼けと言われても、絶対に音を漏らしたくない。ううん、と首を左右に回した途端、再び男性の声が聞こえた。

「本当だな。子どもを産んだとは思えなかったな。あ〜、一度でいいから、あの胸に顔を埋めてみたかった」

男の言葉にアーヴィンがピクリと反応する。

お願いだから、今、彼を怒らせるようなことを言うのは止めてほしい。

それなのに会話が続く。

「ああ、尻も胸もこう、丸みがあっていい身体をしているよなぁ……殿下が羨《うらや》ましい。あんな綺麗な姿を見たら、今夜は盛り上がるだろうな」

「ははっ、そうに違いない。ティーリア殿の色気は凄かったからな」

腰を持ったアーヴィンは、身体を密着させると下から勢いをつけて突き上げ始めた。まるで、自分以外の人間には触れさせない、と言わんばかりの目をしている。

——どうしよう……アーヴィン、もしかして怒ってる？

激しくなる揺れに耐えられず、ティーリアはアーヴィンの肩を持った。すると二人の声が再び聞こえてくる。

「この会話を聞かれたら、アーヴィン殿下に半殺しにされそうだな」

「違いない」

——今！　今聞いているから！　半殺しにされるのは私だから！

激しくなる抽送に身体が揺さぶられ、背中が擦れる。

口づけられると、息ができず苦しくなる。なのに身体は熱くなり、ぐちゃぐちゃになった思考が快感だけを拾い上げた。

ははっと笑い合った二人は、どうやら煙草を吸い終えたのか談笑しながら離れていく。靴音が聞こえなくなったところで、ティーリアは涙ながらにアーヴィンに訴えた。

「もう、許して……っ」

ティーリアの懇願する表情を見たアーヴィンは、一瞬動きを止める。目をすがめた彼は、くっと口角を上げた。

「この顔が見たかったんだ」

「えっ」

彼のツボを押してしまったのか、そこからのアーヴィンは凄かった。目の色を変えた彼は容赦なく突き上げる。

背中が痛いと訴えると、木の幹に手を置きお尻を突き上げる姿勢を取らされた。再びスカートをまくり上げられ、尻たぶを撫でると蜜口に怒張を挿《い》れられる。

——そうじゃなくてっ、ここでは嫌なのにっ！

彼の形に馴染《なじ》んだ膣壁《ちつへき》は、角度を変えて挿入する昂《たかぶ》りを歓迎するように締めつけた。

「あっ、ああっ……っ、はぁっ……」

抑えきれない声が漏れ始める。腰を押さえながら、アーヴィンは花芽を指の腹で弄《もてあそ》んだ。くにくにと捏《こ》ねられると、刺激が伝わり快感の波が強くなる。

——そこはダメなのにっ、おかしくなっちゃうっ！

甘い愉悦《ゆえつ》に、彼にもっと、もっととねだるように腰を振ってしまった。

「ああ、気持ちいいんだね。こんなに締めつけて……可愛いよ、ティーリア」

「はぁっ……もっ、もうっイっちゃうっ」

抽送のスピードが速まり、肌と肌が重なる音が庭園に鳴り響く。恥ずかしさと気持ち良さに同時に襲われ、絶頂感が膨れ上がる。

弾ける瞬間を待ちわびていると、顎を持ち上げられた。

涙と涎でぐちゃぐちゃになった顔を覗き込まれる。彼の目は情欲に蕩《とろ》けながらも、真剣な光を帯びていた。

「っ……ティーリアッ、もう一度孕ませたいっ」

「うんっ、私も……欲しいっ」

躊躇《ちゅうちょ》なく答えると、アーヴィンは上体を屈めて口を塞ぎながら、最後とばかりに腰を押しつける。

目の奥が弾けると同時に、彼はぶるりと身体を震わせた。

彼の熱で、激しい絶頂に襲われる。

「んっ……んんっ……っ」

「っ、くっ！」

顎を上げ喉ぼとけを晒《さら》した彼は、膣《ちつ》内で先端をどくっと膨らませると勢いのある精液を吐き出した。

低い唸《うな》り声と共に、びゅくびゅくと止まらない彼の劣情が胎内に注がれる。

「あっ……ああっ……」

まるで子宮に押し込むように、アーヴィンは熱棒をゆっくりと動かした。

絶頂から降りてきても、また甘い官能が体を支配する。

もう、これ以上ないほどに彼に満たされたところで、アーヴィンはティーリアの身体を起こす。

ちゅぽん、という音が聞こえ男根が抜かれると、彼の熱が去り寂しさを感じてしまう。

「続きはまた、後で」

頬にちゅっとキスを落とし、アーヴィンはさっと洗浄魔法をかけて服装を整える。もちろんティーリアの身体も一瞬で綺麗になった。

「も、もうっ！　こんなところでしなくたって」

「君も喜んでいたじゃないか」

「そんなことっ……！」

ないと言いたいけれど言い切れない自分がいる。

でも、そんな恥ずかしい自分を認めたくない。顔を真っ赤にしたところで、アーヴィンはティーリアの手を握りしめた。

「クリストファーが待っているよ、さぁ行こうか」

「……はい」

誰にも気がつかれなかったと思いたい。

気配に聡いアーヴィンなら、他の人が近づいたのであればわかるはずだ。そう思いながらもヤンデレ気質の彼を心のどこかで疑ってしまう。

「でも……まぁ、いっか」

——見られたとしても、きっとアーヴィンがなんとかしてくれるだろうし……

颯爽《さっそう》と歩き出したティーリアとアーヴィンの二人の行先を、全てを見ていた月が煌々と照らしていた。

◆エピローグ

雲一つない晴天の中、王都では初めてチャリティー・マラソン大会『ティーリア杯』が開催された。なんと、先日盛大な結婚式を挙げたばかりの王太子妃が参加するとあり、街道は人でいっぱいに埋まっている。

王太子は国を救った魔道騎士かつ爽やかな青年として国民の人気は高い。そしてその妻は艶《つや》やかな紅赤色の髪の美女として、これまた有名だった。

二人の間には既に王子が生まれ、普段は離宮で過ごしている。今日はその王太子妃を近くで見られるとあって、警備も厳重になっていた。

「本当に王太子妃様が走るの？」

「ね、信じられないよね。でもそうみたいよ」

ざわつく人込みの中、貴族も庶民も一緒になって走るという前代未聞のスポーツ大会が、パン、パンと乾いた音の花火で開催を告げた。


「……はぁ、走りたかったなぁ」

ゴール付近に設営された天幕で、ティーリアはため息をついた。王太子妃としては少々行儀が悪いけれど、さっきから王太子の膝の上に座らされているのだから、今さらだろう。

「それなら、俺が抱えて走ろうか？」

「冗談に聞こえないから止めて」

さっきからアーヴィンは上機嫌になって、ティーリアの髪に手を置いている。普通に座らせてほしいのに、こうしないといけないらしい。

今日のティーリアは髪の色と同じ、紅赤色のふわりとしたドレスを着ている。群衆からわかりやすいようにとのことだった。

「マラソン大会があるから、二人目はもう少し後でって言ったのに……」

結婚式が終わった途端、箍《たが》の外れたアーヴィンに毎晩組み敷かれた。走りたかったから、妊娠しないように避妊薬を飲みたかったけれど、身体にいいものではないと止められていた。

何より、毎晩耳元で囁かれながら彼の男根を抽送されたのだ。

「はぁ……孕ませたい……ティーリア、俺のティーリア……」

そして彼の狙い通り、今は二人目を妊娠している。それは嬉しいけれど、長距離走は控えることになった。

「もうっ……来年もまだ……無理だろうなぁ……」

来年の今頃は、出産も終えているだろうけど、身体がすぐに元に戻るわけではない。それに、どう考えてもアーヴィンは離してくれないだろう。

「何か言ったか？」

「う、ううん。大丈夫」

それでもいつか、この『ティーリア杯』に参加して優勝したい。そのためには妊娠中でも身体をしっかり動かしておこう。

ティーリアは夫となったアーヴィンの厚い胸元に顔を寄せると、匂いを思いきり吸い込んだ。男らしい、けれど爽やかな柑橘《かんきつけい》系の香りがする。

「今年は誰が優勝するのかな」

「そうね……どんな人かな。楽しみだね」

大勢の群衆の生温かい視線を浴びながら、王太子夫妻は新婚らしくいちゃついていた。

かつて『走り込み令嬢』と呼ばれた王太子妃は、幸せそうにいつまでも微笑んでいたという。

この作品に対する皆様のご意見・ご感想をお待ちしております。

おハガキ・お手紙は以下の宛先にお送りください。

【宛先】

〒150-6019 東京都渋谷区恵比寿 4-20-3 恵比寿ｶﾞｰﾃﾞﾝﾌﾟﾚｲｽﾀﾜｰ 19F
（株）アルファポリス　書籍感想係

メールフォームでのご意見・ご感想は右のＱＲコードから、
あるいは以下のワードで検索をかけてください。

アルファポリス　書籍の感想　検索

ご感想はこちらから

孕《はら》まされて捨《す》てられた悪役令嬢《あくやくれいじょう》ですが、
ヤンデレ王子様《おうじさま》に溺愛《できあい》されてます!?

季邑えり（きむら えり）

2024年 6月 25日初版発行

編集－反田理美・森 順子
編集長－倉持真理
発行者－梶本雄介
発行所－株式会社アルファポリス
〒150-6019 東京都渋谷区恵比寿4-20-3 恵比寿ｶﾞｰﾃﾞﾝﾌﾟﾚｲｽﾀﾜｰ19F
TEL 03-6277-1601（営業） 03-6277-1602（編集）
URL https://www.alphapolis.co.jp/
発売元－株式会社星雲社（共同出版社・流通責任出版社）
〒112-0005 東京都文京区水道1-3-30
TEL 03-3868-3275
装丁イラストーマノ
装丁デザイン－AFTERGLOW
（レーベルフォーマットデザイン－團 夢見（imagejack））
印刷－中央精版印刷株式会社

価格はカバーに表示されてあります。

落丁乱丁の場合はアルファポリスまでご連絡ください。

送料は小社負担でお取り替えします。


ISBN978-4-434-34041-3 C0093